MITOL

MW01536814

Alla Scoperta dei Miti Greci

Un viaggio nei racconti epici dell'Antica Grecia tra Divinità, Eroi e Leggende dall'eterno fascino.

Vittorino D'Ancona

Le informazioni qui contenute sono fornite esclusivamente a scopo informativo e sono universali. La presentazione delle informazioni è senza contratto né alcun tipo di garanzia. I marchi utilizzati all'interno di questo libro sono meramente a scopo di chiarimento e sono di proprietà dei proprietari stessi, non affiliati al presente documento.

Sull'autore:

Vittorino D'Ancona è un grande appassionato di storia e mitologia, nato nella periferia di Piombino nel 1951.

La madre era una casalinga e il padre professore di lettere.

Fu proprio grazie al padre Giovanni che Vittorino iniziò ad avvicinarsi alla storia sia classica che moderna: essendo suo padre un uomo dalla grande cultura, teneva un'immensa libreria riempita con tomi e manuali di tipi diversi e dagli svariati argomenti.

Non passò molto prima che Vittorino iniziò a passare interi pomeriggi a sfogliare i libri del padre. Con il passare del tempo gli argomenti che più lo intrigavano e incuriosirono diventarono quelli storici e mitologici.

Da lì in poi Vittorino non smise mai di studiare e non perse mai occasione per leggere riguardo a fatti storici, ritrovamenti o nuove leggende di cui ancora non era a conoscenza, acquisendo nell'arco di circa 50 anni una vasta conoscenza per tutto quello che concerne la storia e mitologia, dalla classica a quella moderna passando per tutti i miti legati a popolazioni di grandi cultura tra cui popoli nordici e asiatici.

Con la scrittura dei suoi libri Vittorino D'Ancona vuole divulgare la sua passione e le sue conoscenze (inclusi particolari e vicende che non si trovano nei normali libri di storia studiati a scuola) al maggior numero di persone possibili, con il profondo desiderio di appassionare qualcun altro come fu per lui in giovane età.

I libri di Vittorino D'Ancona

- Mitologia Greca
- Mitologia Norrena
- Mitologia Giapponese

Visita la pagina autore su Amazon!

Scannerizza il QR Code

Sommario

INTRODUZIONE ALLA
MITOLOGIA GRECA

Iniziamo il nostro avvincente percorso nel mondo della mitologia greca, con i suoi intrecci, la cultura e i colpi di scena, con un semplice e fondamentale quesito:

Cosa s'intende con il termine "Mito"?

Il mito rappresenta la prima forma di narrativa giunta fino a noi. *Mythos*, dal greco, significa proprio racconto, una narrazione affidata alla tradizione orale, che ha come soggetto *le origini del mondo*. Il suo obiettivo era cercare di carpire i segreti che permeavano la terra e i suoi eventi in continuo mutamento.

Ecco perché sono nati i miti: per trovare risposte a delle domande.

Stiamo parlando di un periodo che si aggira tra il IX e il VI secolo avanti Cristo, dove i popoli erano in costante ricerca della verità, una risposta per spiegare il funzionamento di una realtà che li affascinava e al contempo li spaventava.

Come spiegare, ai tempi, il perché della pioggia o della neve? Perché si verificavano terremoti, alluvioni e altri cataclismi?

Ecco allora come i "ricercatori di verità" hanno creato un mondo fantastico e irreale.

Il concetto di "Mitologia" appartiene a numerose civiltà antiche, tuttavia i greci sono famosi per aver creato leggende e divinità legate a qualsiasi evento naturale.

Fu proprio il popolo greco che, più di chiunque altro, riuscì a dare un volto al disordine del mondo, al concetto di buio e di vuoto, a trovare una ragione e un ordine per tutto ciò che inizialmente non erano riusciti a spiegare.

Per immedesimarci nella mentalità delle popolazioni dell'epoca dobbiamo innanzitutto ricordare che stiamo parlando di civiltà in origine nomadi, intente a spostarsi incessantemente da un luogo all'altro, nella ricerca di condizioni più favorevoli. Migrando, queste genti portavano con loro i propri miti e leggende, fondendosi spesso e volentieri dopo il contatto con altri popoli.

Ecco come, una volta stabilizzatisi, anche i Greci già possedevano diversi miti e iniziarono, così come molte altre popolazioni, a costruire templi in onore delle proprie divinità.

La loro mitologia non riguardava più semplicemente ciò che accadeva nel mondo, ma soprattutto veniva usata come "spiegazione" per ciò che avveniva nella loro vita.

Compreso il suo significato, dobbiamo fare ora un passo avanti e renderci conto che:

La mitologia permea la nostra vita di tutti i giorni.

Molti ora potrebbero chiedersi come questo sia possibile. Oggi, nella nostra realtà odierna, tecnologica, dove siamo sempre di corsa, così lontana da quell'ideale di mondo antico e, purtroppo, troppo spesso dimenticato, eppure più attuale che mai.

Come?

Pensiamo a due semplici, ma chiarissimi esempi:

- Quando, in una qualsiasi conversazione, parliamo del nostro "Tallone d'Achille" per descrivere un punto debole, sia dal punto di vista caratteriale o fisico, in realtà stiamo riprendendo direttamente dalle vicende del *Ciclo di Troia* attribuite al famosissimo poeta Omero;

- Pensiamo ora alla classica frase "Sei proprio un Narciso", riferendoci a qualcuno particolarmente vanitoso. Anche in questo caso, inconsapevolmente, stiamo facendo riferimento alla figura mitologica di Narciso che si innamorò del suo stesso riflesso, tanto da morirci.

Questi rappresentano solo due casi, ma potremmo citarne moltissimi altri.

È triste pensare a come questi "modi di dire" siano ancora vivi al giorno d'oggi, ma la storia a cui sono collegati è stata per lo più dimenticata.

Ecco dunque l'intento del nostro incredibile viaggio attraverso la mitologia: riportare alla luce queste storie, i suoi protagonisti, e ridar loro l'importanza che meritano.

PARTE 1: DOVE TUTTO EBBE INIZIO

Le origini: Come è nato il mondo e le origini dei Titani

In principio era il *CAOS*, lo spazio era vuoto e infinito, un miscuglio disordinato di materia, avvolto da un mistero senza fine. Un universo scuro e inospitale, dove gli elementi si urtano e disperdono.

Proprio dal Caos furono generate diverse divinità, capricciose e cieche, partendo dal *Fato*, divinità in alcuni momenti ostile, in altri benigna, potente ed inesorabile. Seguì l'*Erebo*, un abisso senza fondo avvolto da costanti tenebre; la *Notte*, a sua volta buia e misteriosa; le *Parche*, principali ministre del Destino, figlie della Notte e dell'Erebo; la *Discordia* e la *Vecchiaia*.

È sempre da questo Caos che, in ultimo, comparve la terra, di nome *GEA*, raffigurata come una bellissima donna.

Figlio della Terra fu il mare, di nome *Ponto*, nonché il cielo, di nome *Urano*.

Generato dalla terra, Urano si unì nuovamente a lei, generando una prole molto numerosa, partendo dai *dodici Titani*, sei maschi e sei femmine, dalle enormi dimensioni e dalla sorprendente forza, in grado di combattere l'oscuro ignoto:

o <u>Oceano:</u> primogenito, l'immenso fiume che circonda la terra, da cui derivano tutte le acque;

o <u>Teti:</u> sorella e sposa di Oceano, dalla quale nacquero i fiumi della terra e le ninfe, loro figli;

o <u>Iperione:</u> secondogenito, divinità del cielo;

o <u>Tea:</u> sorella e sposa di Iperione, con il quale generò le divinità della luce: Aurora, Sole e Luna, che si alternano nel cielo nelle diverse ore del giorno e della notte;

o <u>Ceo e Febe:</u> altra coppia di titani, le cui figlie, Asteria e Leto, rappresentavano la notte stellata e l'ombra che la avvolgeva. Leto avrà due figli che saranno corrispettivamente le divinità del sole e della luna, ovvero Febo e Artemide;

o Crio: creatore delle tempeste morali e materiali, si unì alla cugina Euribia, da cui ebbe tre figli: Astreo, Pallante e Perseo. Proprio dall'unione di Astreo ed Eos si crearono i quattro venti: Euro, Zefiro, Borea e Noto.

Euro era il vento del mattino, Zefiro il vento della sera, Borea portava freddo ai paesi del nord, mentre Noto era portatore di pioggia sui paesi del sud.

Pallante, unito alla cugina Stige, figlia di Oceano, generò i concetti astratti di vittoria, potere e forza;

o Giapeto: sposò la ninfa oceanina Climene e ebbero quattro figli, i giganti Atlante, Menezio, Prometeo e Epimeteo;

o Temi e Mnemosine: si unirono entrambe al loro nipote Zeus. Mnemosine, dea della memoria, avrà nove figlie conosciute come Muse, che diventarono le ispiratrici di tutte le arti, delle scienze e della musica. Da Temi, la giustizia, e da Zeus ebbero origine la pace, l'ordine e l'equità, conosciute come "Ore", e le Parche, dee del destino;

o Crono: l'ultimo Titano, si unì alla sorella Rea. Proprio da loro ebbero origine numerose guerre al fine di stabilire il predominio di una o dell'altra dinastia sull'intero universo.

Altri figli di Urano e Gea furono i tre *Echantochiri*, giganti dalle cento braccia e cinquanta teste: Cotto, Briareo e Gie.

Ultimi comparvero i *Ciclopi*, giganti con un solo occhio posto nel mezzo della loro fronte: Bronte (Tuono), Steorpe (Lampo) e Arge (Folgore).

Da Ponto, Gea ebbe altri cinque figli:

- o Nereo: dio del fondo marino, con la capacità di assumere aspetti diversi, che cavalca indomito sulle onde del mare o sul dorso dei tritoni, accompagnato dalle sue cinquanta figlie conosciute come *Nereidi*;

- o *Taumante*: che ebbe per figlie Iride, l'arcobaleno, e le Arpie, con il corpo di uccello e il viso di vergine, simbolo delle tempeste che minacciano i naviganti;

- o Forci e Ceto: personificazioni del mondo dei mostri marini, la cui prole era composta dalle Gorgoni, Steno, Euriale e Medusa, creature alate con serpenti al posto dei capelli;

- o Euribia: sposa del Titano Crio.

Questi cinque dominarono incontrastati nelle acque dell'Oceano.

Le Dinastie Divine

Urano: Primo Regno Divino

Al principio regnavano sull'intero Universo Gea e Urano, suo figlio e sposo.

Gea ammonì più volte Urano, il quale aveva iniziato a mostrare un atteggiamento troppo autoritario e superbo. Per quanto amasse la moglie, Urano non diede ascolto ai suoi ammonimenti. Egli iniziò ad odiare i suoi stessi figli, temendo che potessero un giorno sottrargli il trono.

Prese così la decisione di imprigionare i Ciclopi e gli Ecatonchiri nelle profondità del Tartaro, dove punite le anime dei malvagi. Solo i Titani vennero dall'esilio.

Addolorata da tale comportamento, Gea iniziò così a tramare una vendetta.

Dopo aver radunato i figli Titani sul Monte Ida, cercò di aizzarli contro il loro stesso padre, così da riscattare i fratelli imprigionati.

Tuttavia, a causa del timore che la forza di Urano infondeva in loro, i Titani decisero di non assecondare il volere della madre. Solo il ribelle Crono, il Titano più giovane, volle intraprendere la disperata impresa di liberare i fratelli prigionieri.

Gea si dimostrò molto orgogliosa e gli illustrò il piano che aveva ideato in precedenza: ogni notte Urano lasciava il cielo, per scendere sulla terra al fine di incontrarla. Quello sarebbe stato il momento ideale per Crono per tendergli un agguato con l'aiuto di un falcetto d'acciaio che Gea stessa aveva fabbricato.

Crono eseguì alla lettera le indicazioni della madre: quella sera stessa si nascose dietro ad un masso in attesa del padre. Quando lo vide comparire, lo assalì, uccidendolo e gettando i suoi resti nel mare. Gocce di sangue caddero sulla terra, dando vita alle dee della vendetta: Aletto, Tisifone e Megera, dette le Erinni.

Nacquero anche nuovi Giganti, dalle enormi dimensioni.

Nel mare si formò una densa spuma dalla quale nacque *Afrodite*, dea della bellezza e dell'amore che, trasportata da dolci onde, approdò all'isola di Citera. Proseguì il suo pellegrinaggio fino all'isola di Cipro, dove venne accolta tra i suoi boschi di mirto.

Crono: Secondo Regno Divino

Andando contro il volere di Gea di consegnare il potere al primogenito Oceano, Crono, personificazione di un tempo implacabile, prese il posto di Urano, con la promessa di portare pace a tutti i viventi, prendendo Rea come sua sposa. Ben presto, tuttavia, i buoni propositi svanirono ed egli iniziò a vedere nemici ovunque, che lo trasformarono in un tiranno ben peggiore di quanto lo fosse stato il padre Urano.

Quando apprese da un indovino che egli stesso avrebbe subito la sorte del padre, per mano di uno dei suoi stessi figli, raggiunse nuove vette di pazzia.

Cercando di prevenire l'avverarsi della profezia, ogni qual volta Rea metteva alla luce un nuovo figlio, Crono lo ingoiava. Inizialmente Rea non ebbe altra scelta se non ubbidirgli; tuttavia, dopo aver perso cinque figlie e, in attesa del sesto, decise finalmente di ribellarsi.

Avvolse un masso delle dimensioni di un infante in un lenzuolo, consegnandolo a Crono, mentre il piccolo dio Zeus, nato di nascosto, venne portato in una caverna nel Monte Ida, sull'isola di Creta, popolata da ninfe e governata dai Cureti, sacerdoti dediti al culto della stessa Rea.

Per cercare di coprire i vagiti del piccolo ed evitare che giungessero alle orecchie del padre, i Cureti battevano con tutta la loro forza le lance sugli scudi, riempiendo l'aria di grida di guerra.

Zeus venne così affidato alle cure di tre ninfe: Adrastea, Ida e Melissa. La loro capra, Amaltea, lo nutriva, allattandolo come se fosse un cucciolo.

Il piccolo crebbe forte e in salute, con straordinari poteri, accompagnato dai racconti dei Cureti che alimentarono il suo odio contro il padre, facendo crescere in lui un desiderio di vendetta.

Raggiunta la maggiore età, Zeus si decise a lasciare l'isola per mettere in atto il suo piano di vendetta, nonostante i tentativi della madre di dissuaderlo. Prima di abbandonare l'isola di Creta sulla quale era cresciuto, ricompensò i Cureti per il loro affetto, non dimenticandosi neanche della capra Amaltea, ponendola, nel momento della sua morte, tra le costellazioni.

Alle ninfe donò il corno spezzato della capra, che si sarebbe riempito in continuazione di qualsiasi cosa la terra potesse produrre. Fu dalle ninfe nominato Cornucopia e divenne simbolo di abbondanza.

Metis, figlia del Titano Oceano e della Titanide Teti, si propose di aiutarlo, offrendogli una potente pozione magica da far bere a Crono prima di affrontarlo. Così Zeus fece, presentandosi al cospetto del re della terra.

Credendo di aver mangiato tutti i suoi figli, Crono si stupì grandemente di quell'inaspettata apparizione e accettò la pozione. Non appena l'ebbe bevuta, tuttavia, venne sopraffatto da un insopportabile dolore, e fu costretto a rimettere tutti i figli che aveva in precedenza inghiottito, tra i quali vi erano *Poseidone, Ade, Demetra* ed *Era*.

Sconfitto, Crono fuggì, facendo subentrare Zeus al suo posto.

Zeus: Terzo Regno Divino

Zeus si stabilì così sull' Olimpo, un alto monte che si disperdeva tra le nuvole e sede degli dei, situato in Grecia, tra la Macedonia e la Tessaglia. Egli non fu, tuttavia, accolto positivamente da molti.

I Titani furono i primi a ribellarsi al nuovo sovrano, decidendo di sostenere Crono.

È così che ebbe inizio la più feroce battaglia di tutta la storia, che sconvolse gli equilibri del mondo intero.

Protagonisti indiscussi dello scontro furono i Titani, che, guidati da Atlante, iniziarono a distruggere montagne intere, scagliando enormi massi contro la cima dell'Olimpo.

Questo fu il principio della guerra tra Titani: la Titanomachia.

Titanomachia

Come conseguenza di ogni scontro, anche in questo caso si crearono degli schieramenti:

- o Oceano con la moglie Teti, le Titanidi Temi e Mnemosine Iperione e Thea, le Titanidi Temi e Mnemosine, affiancarono Zeus nella lotta contro il fratello;

o Giapeto, Crio, Ceo e Febe, sua sposa, restano fedeli a Crono.

Rea, moglie di Crono, madre di Zeus, decide inizialmente di non intervenire.

Gli scontri proseguono per lunghi anni, nei quali si succedettero cataclismi di ogni genere, che travolsero montagne e valli, generando uragani, tempeste, bufere, eruzioni, che non diedero tregua alla terra.

Nel mentre, dimenticati nel Tartaro, giacevano, dopo essere stati incatenati da Urano, i Ciclopi e gli Ecatonchiri

Crono non aveva infatti mantenuto la promessa fatta a Gea di lasciarli andare.

Fu proprio madre terra che consigliò a Zeus di liberarli. Egli seguì il suggerimento e scese nelle profondità del Tartaro dove liberò i Ciclopi prigionieri che, in segno di gratitudine, fabbricarono per lui e i suoi fratelli delle armi speciali, donandogli inoltre le folgori, a Poseidone il tridente e ad Ade l'elmo dell'invisibilità.

Zeus procedette quindi a liberare i tre Ecatonchiri, che con le loro cento braccia potevano rivelarsi preziosi alleati.

Con loro, le sorti della battaglia cambiarono drasticamente. I fulmini iniziarono a piovere sulla terra, causando numerosi incendi e lampi di luce.

Nello scontro finale, Crono, venne colpito dalla folgore di Zeus, mentre i Titani furono travolti da fuochi e macigni.

A conclusione della battaglia, come punizione, Zeus condannò Atlante a portare sulle spalle il peso della volta celeste per tutta l'eternità e fece precipitare nel Tartaro tutti i Titani che gli si erano opposti, così come Crono, sorvegliati dagli Ecatonchiri.

Tornata la pace, in compagnia dei fratelli, Zeus ripartì il dominio del mondo: ad Ade assegnò il mondo sotterraneo; a Poseidone il mare. Estia divenne la dea del focolare domestico, mentre Demetra la madre del grano.

Per sé, Zeus riservò il cielo e la terra e, in particolare, l'Olimpo e scelse come sposa legittima la sorella Era da cui avrà cinque figli: *Ares*, il dio della guerra; *Efesto*, il dio del fuoco; *Eris*, la dea della discordia; *Illizia*, la levatrice divina ed *Ebe*, la libatrice degli dei.

Generata completamente armata dalla testa di Zeus, personificazione della sua potenza, nacque la figlia *Atena*, dea della guerra.

Prometeo e la comparsa dell'uomo

In principio, nel regno dell'Olimpo non esistevano gli uomini, creature mortali, ma solo Titani e Giganti. Fra loro vi era Prometeo, fratello di Atlante e secondo figlio di Giapeto, considerato il Titano più intelligente, il quale possedeva il dono della preveggenza.

Durante la guerra, Atlante aveva chiesto il suo aiuto, ma lui, prevedendone gli esiti, aveva deciso saggiamente di non partecipare. Grazie a quella decisione, Prometeo ottenne il permesso di accedere liberamente all'Olimpo, privilegio che, tuttavia, non sfruttò, preferendo trascorrere il suo tempo in campagna del fratello Epimeteo.

Fu solo su personale convocazione di Zeus che Prometeo si diresse sull'Olimpo. Il re degli dei gli confidò di voler creare una nuova stirpe mortale, gli uomini e affidò proprio a lui il compito di plasmarla.

Prometeo accettò, emozionato dall'idea di avere nuova compagnia sulla Terra. Raccolse sulle rive di un fiume del morbido fango, iniziando a modellare, creando una figura che aveva le sue stesse sembianze, solo di dimensioni più ridotte. Soddisfatto, soffiò delicatamente sulle labbra del nuovo essere che prese vita.

Nacque così il primo uomo.

Prometeo assunse nei suoi confronti la figura di un padre amorevole, si prendeva cura degli uomini, che iniziarono a moltiplicarsi.

Indispettito dalle attenzioni che Prometeo dedicava agli uomini, Zeus lo convocò al suo cospetto, temendo che le sue creature potessero diventare troppo forti e insolenti, dimentichi di venerare gli dei. Il Titano, allora, acconsentì nell'insegnare agli uomini a compiere sacrifici alle divinità.

Infastidito di fronte al comportamento di Zeus, decise di approfittare dell'occasione per mettere in atto uno scherzo.

Zeus si radunò in compagnia di tutti gli dei. Al centro della scena era stato posto un grosso bue, scelto dagli stessi uomini.

Prometeo fu invitato a dividerlo, così che il re degli dei potesse scegliere la parte che preferiva come sacrificio. Il Titano lo uccise, scuoiandolo, e creò due sacchi: nel primo inserì le carni più prelibate, camuffandole con lo stomaco del bue, la parte meno buona da mangiare; mentre nella seconda inserì solo ossa, celate sotto uno spesso strato di succulento grasso.

Prometeo invitò quindi Zeus a scegliere, lodando come gli uomini avessero scelto di sacrificare il loro bue più grande.

Naturalmente Zeus scelse la parte ricoperta di grasso. Dopo i primi morsi, si accorse del trucco. Accecato dall'ira e dall'umiliazione, il re degli dei chiamò al suo cospetto il dio del Fuoco, Efesto, ordinandogli di custodire il fuoco nella sua caverna, così che la stirpe umana ne fosse per sempre privata.

Quel tempo era conosciuto come "età dell'oro", dove la terra era fertile e gli uomini vivevano in pace, in un clima perennemente mite. Anche senza essere arata, la terra produceva cibo in abbondanza per tutti. Proprio per questo gli uomini inizialmente non avvertirono gli effetti della punizione di Zeus che, irato dall'inefficacia del suo piano, decise di suddividere l'anno in quattro parti, creando così le stagioni. Era consapevole delle gravi conseguenze di questa decisione, privando la terra della sua eterna primavera.

Fu così che l'umanità cadde in un periodo triste e oscuro, senza più cibo per tutti e privi del fuoco necessario per scaldarsi. Anche la pace e la tranquillità si spezzò.

Malattia e morte dilagarono tra gli uomini, rintanati in fredde caverne di pietra, sempre intenti a scavare per estrarre ferro e metallo così da fabbricare nuove armi.

Prometeo osservava impotente il declino morale e fisico delle sue amate creature, consapevole di essere l'unico vero responsabile di tutto ciò che stava accadendo. Aveva già tentato in innumerevole occasioni di supplicare Zeus affinché revocasse la punizione, ma il re degli dei non volle ascoltare.

Deciso a porre una fine a quella situazione, a Prometeo rimase solo una possibilità: procurarsi lui stesso il fuoco.

Il Titano andò a far visita sull'Olimpo ad Atena, chiedendole aiuto e consiglio. Spinta da compassione per la sorte riservata agli uomini, gli consigliò di recarsi presso la caverna di Efesto per trovare delle risposte.

Seguendo il consiglio della dea, Prometeo si recò di notte nei pressi della grotta. Gli dei erano profondamente addormentati, ed egli riuscì a sottrarre qualche scintilla alle fiamme divine, affrettandosi a tornare sulla terra.

Zeus, che dall'alto dell'Olimpo riusciva a vedere tutto ciò che avveniva sulla Terra, scoprì ben presto l'inganno. Iracondo, consapevole che il fuoco oramai non si poteva più ricuperare, cercò il modo di vendicarsi su Prometeo.

Le punizioni furono due.

Innanzitutto, ai danni dell'uomo, chiese aiuto nuovamente al deforme Efesto, fabbro incomparabile che, con l'ausilio delle sue sole mani, riusciva a forgiare gli oggetti più preziosi, di una bellezza senza eguali, palazzi di bronzo, gioielli e armature. Proprio per la sua abilità, Zeus decise di affidare a lui la creazione della donna.

Efesto, servendosi di acqua e argilla, plasmò la figura della donna che prese il nome di Pandora, Ogni dono. Gli dei furono quindi incaricati da Zeus di riporre in lei dei doni: Atena le donò morbide vesti, simbolo di candore, fiori ed una splendida corona d'oro, mentre Ermes pose nel suo cuore pensieri malvagi e dotò le sue labbra di discorsi affascinanti, ma ingannevoli.

Zeus, da parte sua, affidò alla donna una grande anfora in cui erano raggruppati tutti i mali, chiusa ermeticamente, incaricandola di portarla sulla terra.

Pandora con l'anfora venne inviata ad Epimeteo, fratello più giovane di Prometeo. Dimentico degli avvertimenti del fratello nei confronti dei doni di Zeus, Epimeteo si innamorò di Pandora, iniziando anche a provare una fascinazione sempre maggiore nei confronti della misteriosa anfora.

Accecato da un'ossessione sempre più pressante, Epimeteo convinse Pandora a scoperchiare l'anfora.

In quell'esatto momento si compì la vendetta di Zeus.

Dal grande vaso aperto uscirono tutti i mali, creando una densa nuvola pestilenziale che iniziò a penetrare in ogni cosa, incluso l'animo dell'uomo.

Epimeteo rimase impotente ad osservare l'evolversi di questo male, finché notò un piccolo essere

che cercava debolmente di uscire dall'anfora, aggrappandosi ai bordi del vaso con le minuscole mani. Si trattava della Speranza.

La densa nuvola dei mali non si era ancora del tutto dileguata, quando Prometeo venne afferrato dai Ciclopi, condotto tra le montagne del Caucaso e incatenato alla più alta.

Questa era la seconda punizione di Zeus.

L'imponente corpo di Prometeo penzolava dolorosamente nel vuoto, con una profonda ferita che gli squarciava il ventre. Ogni qual volta si rimarginava, giungeva dal cielo un'aquila che dilaniandogli la carne, strappava dalle sue viscere il fegato. Il fegato si rigenerava ogni volta, così che l'orribile castigo non avrebbe mai avuto fine, nel destino immortale di Prometeo.

PARTE 2: LE DIVINITÀ DELLA MITOLOGIA GRECA

Zeus

Zeus, conosciuto successivamente nella mitologia romana come Giove, era il re degli dei, dio del cielo e dei tuoni, in grado di tramutarsi in qualsiasi cosa desiderasse.

Egli riuscì a sottrarsi, grazie alla madre Rea, alla sorte riservatagli dal padre Cronos che, per timore di perdere il trono, aveva già inghiottito tutti i suoi fratelli.

Cresciuto sull'isola di Creta in compagnia di ninfe e grazie al latte della capra Amaltea, tornò sull'Olimpo, detronizzando il padre dopo la lunga e sanguinosa battaglia.

Fu lo stesso Zeus a decidere di costruire la sua dimora sul monte Olimpo, dove viveva con la sua sposa Era, ed altre divinità, creando così la potentissima cerchia delle *Divinità Celesti.*

Venerato e temuto, Zeus manteneva la supremazia sulle altre divinità, tanto che, in ogni momento, poteva interferire sui domini dei suoi fratelli Ade, a capo degli inferi, e Nettuno, che regnava sul mare.

Egli era responsabile di tutti i fenomeni del cielo, partendo dalla pioggia, la neve e la luce del sole. Quando il cielo veniva ricoperto da densi nuvoloni, accompagnati da venti e temporali era segno che Zeus stava punendo gli uomini.

Anche l'umanità nutriva nei suoi confronti un timore reverenziale.

Il re degli dei possedeva inoltre una conoscenza sia degli eventi futuri che passati. Il suo oracolo si trovava presso il bosco delle sacre querce di Dodona. Per interpretare le profezie, le sacerdotesse interpretavano i sussurri della natura e lo zampillare dell'acqua.

Per quanto immensamente potente, Zeus non abusava del suo potere, soppesando scrupolosamente le diverse questioni, valutandone i pro e i contro grazie all'utilizzo di una bilancia dorata.

Immensamente generoso con le persone buone, non esitava a punire i cattivi. Grazie a lui venne a stabilirsi un ordine naturale, l'alternarsi delle stagioni, il diritto e le leggi umane.

L'aquila, lo scettro e la folgore erano i simboli attribuiti a Zeus, che nell'iconografia veniva spesso raffigurato sul suo trono, con viso sereno e una riccia chioma che gli ricadeva sulle spalle.

Le donne di Zeus

Per quanto amasse la bella Era, le avventure extraconiugali di Zeus furono innumerevoli.

Dalle sue amanti ebbe molti figli, cosa che contribuì ulteriormente ad accrescere la cieca gelosia di Era.

Zeus, per cercare di farle comprendere che la passione che provava nei suoi confronti non era minimamente paragonabile alle altre storie, le aveva fatto una rassegna completa delle sue conquiste amorose, presentandosi come seduttore indomito.

o <u>Dia:</u> moglie di Issione. Zeus, trasformatosi in stallone, la sedusse e da lei ebbe il figlio Piritoo, eroe tessalo, re dei Lapiti;

o <u>Danae:</u> figlia del re di Argo Acrisio, che l'aveva richiusa in una camera in bronzo. Acrisio, infatti, non avendo avuto figli maschi, chiese aiuto all'oracolo al fine di avere un erede. Quest'ultimo gli rivelò che non avrebbe avuto alcun figlio maschio, bensì un nipote che lo avrebbe ucciso. Proprio per questo, il re decise di rinchiudere la figlia in una stanza di bronzo. Zeus decise di raggiungerla sotto forma di pioggia e dalla loro unione nacque Perseo;

o <u>Europa:</u> figlia di Fenice, il capostipite dei Fenici, che nell'isola di Creta generò Minosse, re noto per lo splendore del dominio cretese, e Radamanto, famoso per essere stato un giusto legislatore e, successivamente, un giudice infernale. Al fine di sedurla, Zeus si trasformò in un toro bianco. Non appena lo vide, la fanciulla ne rimase ammaliata e iniziò a giocare con lui, ornando le sue corna con ghirlande fiorate. Quando infine Europa balzò in groppa al possente toro, i due attraversarono il mare, raggiungendo Creta;

o Alcmena: moglie di Anfitrione, alla quale Zeus apparve sotto le sembianze del marito, dalla quale nacque Eracle;

o Semele: figlia di Cadmo, sovrano di Tebe, che concepì il figlio Dioniso. In questo caso Era, in preda alla gelosia, ordinò a Zeus di rivelarsi in tutto il suo splendore a Semele che, alla vista del dio, morì incenerita;

o La dea Demetra: dalla quale ebbe Persefone;

o Leto: figlia del Titano Ceo e Febe. Dalla loro unione nacquero Artemide e Apollo.

Al di là delle relazioni extraconiugali, prima di Era esiste anche una lunga lista delle mogli di Zeus, il quale necessitava una figura femminile al suo fianco per stabilire le basi del suo nuovo regno.

o Metis: prima sposa, che gli donò una saggezza profetica. Ella rappresentava una figura importante, ma potenzialmente molto pericolosa. Per questo motivo, Zeus, dopo aver generato Atena nel ventre di Metis, per impedire la nascita di una pericolosa discendenza, ingoiò la sua stessa sposa e la figlia non ancora nata, unendo potere e sapere;

- Temi: seconda sposa, figlia di Urano e Gea, da cui Zeus ebbe come figlie le Ore: Dike (giustizia), Eirene (pace) e Eunomie (ordine), protettrici delle città, garanti del suo equilibrio e della sua durata; e le Moire: Cloto, Lachesi e Atropo, generate da Temi per organizzare il destino dei mortali e l'ordine delle generazioni, in particolare il bene e il male, la vita e la morte;

- Eurinome: terza sposa di Zeus, che generò le tre Cariti: Aglaia, la radiosa; Eufrosine, la gioia; e Talia, la fiorente;

- Demetra: quarta sposa e madre di tutte le cose, dea del grano e dell'agricoltura, da cui nacque la figlia Persefone.

Mito di Demetra e Persefone

Un giorno la bella Persefone, mentre era intenta a cogliere dei fiori con altre giovani, si allontanò dal gruppo, quando, all'improvviso la terra si aprì e dal profondo degli abissi apparve Ade, dio dell'oltretomba e signore dei morti, che la rapì, perché innamorato di lei.

Ad insaputa della moglie, Zeus aveva dato il consenso al compimento di tale atto da parte del fratello.

Quando Demetra si accorse della scomparsa della figlia, andò alla sua disperata ricerca, senza tuttavia riuscire a trovarla in alcun luogo. Fu solo durante il decimo giorno che venne in suo aiuto Ecate, il quale aveva udito le urla disperate di Persefone nel momento del rapimento, ma non era riuscito a vedere il volto del rapitore. Egli consigliò a Demetra di chiedere aiuto al dio del sole, Apollo, che le rivelò il nome di Ade.

Accecata dalla rabbia e sentendosi tradita dalla sua stessa famiglia, Demetra lasciò l'Olimpo in cerca di vendetta: decise che la terra non avrebbe più dato alcun frutto agli umani, portandoli all'estinzione, tra le sofferenze di una tremenda carestia. In tal modo, anche gli dei non avrebbero più ricevuto i sacrifici degli uomini.

Ella iniziò così a vagare per le terre del mondo, incurante del lamento degli dei e degli umani.

Giunse così ad Eleusi, in Attica, sotto le spoglie di una vecchia, dove regnava il re Celeo con la sua sposa Metanira. Demetra venne accolta cordialmente nella loro casa, tanto da diventare la nutrice del figlio del re, Demofonte.

La dea ben presto si affezionò al fanciullo, che accudiva come un vero e proprio dio, nutrendolo, all'insaputa dei genitori, con la divina ambrosia, il nettare degli dei. La figura di Demofonte riuscì a sostituire il dolore per la perdita della figlia.

Il suo attaccamento fu tale che Demetra decise di donare a Demofonte l'immortalità, così da renderlo simile ad un dio. Tuttavia, mentre era intenta a compiere i riti necessari, venne scoperta proprio dalla madre di Demofronte, Metanira.

La dea fu costretta ad abbandonare le vesti di vecchia, manifestandosi per ciò che realmente era, facendo risplendere la reggia della sua luce divina. Delusa per quella nuova perdita, si rifugiò sulla sommità del monte Callicoro.

Zeus, costretto a cedere alle suppliche dei mortali affamati e degli stessi dei, inviò Hermes, il messaggero degli dei, nell'oltretomba da Ade, al fine di ordinargli di riportare Persefone sulla terra.

Contro ogni aspettativa, Ade non protestò alla richiesta, ma esortò la giovane a tornare dalla madre.

Si trattava di un inganno. Ade, infatti, prima che la giovane salisse sul cocchio di Ermes, le fece mangiare un seme di melograno.

Quando Demetra si riunì con la figlia, la terra tornò fertile ed il mondo riprese a godere dei suoi doni. Solo in un secondo momento la dea scoprì l'inganno di Ade: avendo Persefone mangiato il seme di melograno nel regno dei morti, era costretta a farvi ritorno ogni anno, per un lungo periodo di tempo.

Demetra, allora, decretò che nei sei mesi durante i quali Persefone fosse stata costretta nel regno dei morti, nel mondo sarebbe calato il freddo e la natura si sarebbe addormentata, dando origine all'autunno e all'inverno, mentre nei restanti sei mesi la terra sarebbe rifiorita, dando origine alla primavera e all'estate.

o Mnemosine: quinta sposa di Zeus e dea della memoria, da cui ebbe nove figlie, dopo la vittoria di Zeus sui Titani, le *MUSE*, innamorate della festa e della gioia del canto: **Calliope**, la musa dalla bella voce che con il suo stilo e la tavoletta di cera rese eterna la **poesia epica**; *Clio,* la musa della Storia, che nelle raffigurazioni siede con una pergamena in mano; *Euterpe*, la musa che suona il flauto e rallegra con la **poesia lirica**; *Erato,* la musa della **poesia amorosa**; *Melponene*, la musa della T*ragedia*, ritratta con maschera, spada e il bastone di Eracle; *Polimnia*, la musa degli i**nni religiosi e dell'oratoria**; *Talia* la musa della **Commedia,** che indossa la maschera comica e una ghirlanda d'edera; *Tersicore*, la musa della **danza** ed infine *Urania,* musa dell'astronomia, raffigurata con il globo in mano. Le muse, oltre a dilettare gli dei con il loro canto, infondevano nell'animo sensibile di poeti, artisti e scrittori l'ispirazione per comporre mirabili poemi e opere artistiche;

Le Muse e Pireneo

Viveva un tempo un re tracio di nome Pireneo che regnava sulla città di Daulide e sulle campagne della Focide come un vero e proprio tiranno. Egli disprezzava qualsiasi forma d'arte, in quanto era convinto che il canto e la poesia rammollissero i cuori degli uomini.

Al fine di ostacolarne la diffusione, egli finse un'iniziale amicizia nei confronti delle Muse amate da tutti.

Si trattava tuttavia di un inganno.

Un giorno tempestoso, le nove sorelle, dirette al monte Parnaso, camminando per strada, vennero scorte da Pireneo. Egli offrì loro ospitalità contro le intemperie

Nel momento in cui le Muse entrarono, il re le fece prigioniere e inviò i propri soldati a distruggere scuole e biblioteche, scacciando musicisti e poeti.

Dopo una lunga prigionia, le nove sorelle riuscirono finalmente a fuggire, attaccando grandi ali alle loro spalle, grazie alle quali spiccarono il volo.

Pireneo credette erroneamente di poterle raggiungere applicandosi egli pure ali sulla schiena, ma le sue non lo ressero, trascinandolo in un baratro.

Solo le arti, infatti, avevano il potere di costruire meravigliose ali grazie alle quali era possibile volare in alto.

o Leto: sesta sposa di Zeus, conosciuta dai romani con il nome di Latona, figlia Ceo e Febe. Il suo simbolo era la notte, la quale riuscì a conquistare Zeus, simbolo del cielo. Dalla loro unione si generarono *Apollo*, il Sole, e *Artemide*, la Luna.
   Timida e mite, Leto dovette subire le gelosie di Era che aizzò un serpente contro di lei, facendosi promettere dalla madre Terra che non avrebbe mai avuto rifugio. Leto girò mari e monti alla ricerca di un luogo per riposare, ma fu tutto inutile.

Avendone pietà, Zeus le trovò rifugio presso l'isola di Asteria, lembo di terra che, così come le imbarcazioni, galleggiava sulle acque senza fissa dimora.

Asteria era a sua volta figlia di Ceo e Febe che, dopo aver rifiutato l'amore di Zeus, fu tramutata in quaglia. Una volta precipitata sulla terra divenne un'isola. Quando arrivò Leto, Asteria non ebbe il cuore di rifiutare un aiuto alla sorella.

Fu proprio su quest'isola che nacquero Apollo e Artemide, mentre l'isola venne conosciuta da quel momento in poi come Delo:

o Era: ultima sposa di Zeus, simbolo della fedeltà e di obbligo coniugale per le donne, che tuttavia gli uomini non hanno mai rispettato. Le nozze fra Zeus ed Era costituiscono un fondamento dell'istituzione del matrimonio, proprio per questo Era è l'ultima sposa di Zeus. Patrona del matrimonio, ne salvaguarda la sacralità, rimanendo sempre fedele al marito, nutrendo la sua gelosia e, di conseguenza, ogni desiderio di vendetta nei confronti dei tradimenti dello sposo e delle sue amanti.

Era

Era, conosciuta nella mitologia romana con il nome di Giunone, era la sposa di Zeus e dunque regina degli dei. Figlia a sua volta di Crono e Rea, era stata inghiottita dal padre, prima di essere liberata proprio dal fratello sposo. Accolta nella casa della nereide Teti, Era fu allevata e cresciuta dalla ninfa Macris sull'isola di Eubea.

La sua bellezza riuscì a catturare l'attenzione di Zeus, mentre si trovava ancora isolata ad Eubea e sotto lo sguardo costante della tutrice. In un rigido giorno invernale, mentre Era stava percorrendo le lande deserte della campagna innevata, ritrovò un cuculo tremante di freddo. Avendone compassione, cercò di scaldarlo con l'aiuto della sua veste.

Il cuculo si tramutò proprio in Zeus che approfittò di quel momento per dichiararle tutto il suo amore, chiedendole di diventare sua sposa. Era accettò. Grandi festeggiamenti seguirono il loro matrimonio. Gea le donò un melo dal quale nascevano mele d'oro dell'immortalità.

Era piantò il melo presso il giardino delle Esperidi, suo luogo segreto, ponendo un drago dalle cento teste a guardia del prezioso arbusto.

Dalla sua unione con Zeus nacquero Ebe, Ilizia, Ares ed Efesto.

Il loro era considerato un matrimonio per lo più felice, ad eccezione delle occasioni in cui la forte gelosia di Era prendeva il sopravvento.

Un esempio avvenne dopo le nozze, quando Era fuggì dall'Olimpo, rifugiandosi nuovamente sull'Isola di Eubea.

Zeus, nel tentativo di riconquistare la sua sposa, sparse la voce di un suo prossimo matrimonio con una bellissima ninfa. Per l'occasione fece preparare un fantoccio in legno, rivestendolo di abiti regali, quindi lo adagiò su un carro, dando ordine di procedere per tutta Eubea.

Era, appresa la notizia e accecata dalla gelosia, quando vide il carro, si gettò sulla rivale, strappandole i vestiti e rivelando l'inganno. Addolcita da quello stratagemma, la dea decise di tornare a fianco di Zeus.

Nelle raffigurazioni iconografiche, Era veniva sempre ritratta in tutta la sua bellezza, seduta su un trono, con sguardo dolce e benevolo, mentre stringeva in una mano un melograno, simbolo di fecondità e matrimonio, mentre nell'altra uno scettro con un cuculo, in ricordo del suo fatidico incontro con il futuro marito

Mito di Io

Altro episodio simbolo della gelosia della regina degli dei è racchiuso nel mito di Io.

Io, sacerdotessa di Era, figlia del re di Argo, Inaco, e della ninfa Melia, mentre un giorno era intenta a tornare a casa, venne fermata da Zeus in persona che le dichiarò tutto il suo amore, proponendole di trasferirsi in una casa nei boschi, così che nessuno l'avrebbe importunata. In quel modo, il re degli dei avrebbe potuto andare a trovarla ogni qualvolta lo desiderasse.

Spaventata, Io fuggì da Zeus che, non volendo rinunciare a lei, si tramutò in nube. Fu proprio in quel mentre che Era notò nel cielo una nube temporalesca laddove non avrebbe dovuto esserci, e intuì il tradimento.

Avvertendo la presenza della moglie, al fine di proteggere la povera Io, il re degli dei la tramutò in una giovenca.

Era ritrovò così il marito, Zeus, in compagnia di una piccola mucca bianca, ma non si lasciò ingannare. Fingendo di non sospettare alcunché, pregò il marito di lasciarle prendere la mucca. Egli non poteva negarle tale desiderio, all'apparenza tanto semplice, senza rischiare di essere scoperto, così acconsentì.

Era legò la mucca ad un albero, mandando il suo servo dai cento occhi, Argo, a vegliare su di lei.

Iniziarono così le sofferenze di Io, costretta sotto forma di giovenca e costantemente controllata da Argo. I suoi cento occhi, infatti, riposavano a turno.

Durante il giorno, la povera sfortunata pascolava, mentre di notte tornava ad essere legata con un collare tutt'altro che confortevole, in modo che non avesse possibilità di fuga.

Dall'alto dell'Olimpo, Zeus si sentiva colpevole per aver condannato Io ad un tale destino, tanto che fece chiamare Hermes per liberarla dalla schiavitù.

Egli prese la bacchetta d'oro e il suo famoso copricapo e volò sulla terra, presentandosi ad Argo come un semplice giovane pastore di capre. Hermes procedette a suonare uno strumento composto da canne di diverse lunghezze. La melodia riuscì a commuovere Argo, che pregò il pastore di pascolare le sue capre su quelle terre.

Hermes iniziò così a suonare delle melodie che inducevano ad un sonno profondo.

Tuttavia, a causa dei suoi cento occhi, Argo non si addormentava mai completamente, ma continuava ad interrogare Hermes con grande interesse, mostrando un particolare interesse nei riguardi di quello strumento musicale.

Hermes raccontò così di come, un tempo, vivesse sui monti dell'Arcadia, una ninfa di nome Siringa, cacciatrice e seguace del culto di Artemide. Molti erano coloro che, attratti dalla sua bellezza, volevano possederla, tra loro vi era anche il dio Pan, il quale iniziò ad inseguirla.

Datasi alla fuga, Siringa pregò suo padre, il dio fluviale Ladone, di soccorrerla. Egli la trasformò in un fascio di canne proprio sotto gli occhi interdetti di Pan. Disperato, il dio prese una delle canne e la tagliò in più pezzi di diversa lunghezza, legandoli assieme con un legaccio, creando uno strumento che riusciva a riprodurre una dolcissima melodia.

Terminato il suo racconto, Hermes si rese conto che tutti i cento occhi di Argo si erano finalmente chiusi. Rapido e silenzioso, uccise il mostro, gettandolo dalla rupe, quindi liberò Io.

Era, furiosa per la morte di Argo, prese i suoi cento occhi e li fissò alla coda di un pavone, animale a lei sacro.

Successivamente, non soddisfatta, la dea inviò un tafano a tormentare la povera Io che fu costretta a gettarsi in mare per sfuggirgli. Dopo aver nuotato a lungo, giunse in Egitto, dove la popolazione, vedendo una mucca bianca, iniziò a venerarla, trasformandola in una vera e proprio divinità egizia, tanto che Era dovette permettere a Zeus di farle riassumere sembianze umane, non prima di essersi fatta promettere dal marito che non l'avrebbe mai più guardata.

Io visse in Egitto e lì partorì Epafo, figlio di Zeus.

Efesto

Efesto, conosciuto nella mitologia romana come Vulcano, era il dio del fuoco.

Nato deforme, era stato gettato dalla madre, disgustata dal suo aspetto, dall'Olimpo nel mare. Era stato salvato e protetto dalla dea Teti, moglie di Oceano, e dall'oceanina Eurinone, le quali lo allevarono in una grotta sottomarina nascosta, fino al momento in cui, cresciuto, egli aveva deciso di tornare sull'Olimpo.

La sua permanenza fu breve, in quanto, dopo una disputa tra la madre e il padre, prese le parti della madre, venendo di conseguenza scaraventato sulla terra dallo stesso Zeus.

Egli cadde sull'isola di Lemno, nell'Egeo, i cui abitanti furono molto gioiosi nell'accoglierlo.

Grazie all'aiuto dei tre Ciclopi, Bronte, Sterope e Arge, stabilì nell'isola le sue officine di fabbro. Efesto possedeva infatti un dono incredibile:

le sue mani riuscivano a forgiare gli oggetti più preziosi, di una bellezza senza eguali, palazzi di bronzo, gioielli e armature.

Proprio per la sua abilità, Zeus decise di affidare a lui la creazione della prima donna: Pandora.

Tornato sul Monte Olimpo, Efesto sposò Afrodite e aprì la sua fucina, dove fabbricò il trono e lo scettro di Zeus; un'armatura completa e uno scudo per Achille ed Enea; una collana per Armonia, figlia di Ares e Afrodite, come dono di nozze, nonché molte altre impareggiabili creazioni.

Efesto aveva anche numerosi laboratori sulla terra, tra cui il più rinomato era ai piedi dell'Etna, dove i Ciclopi lo aiutavano a forgiare i fulmini di Zeus.

Nell'iconografia, Efesto viene rappresentato sempre con un corpo deforme: un uomo piuttosto brutto, grosso e tozzo, l'esatto opposto delle immagini usate per raffigurare gli altri dei. Nonostante ciò, per celebrare la sua incredibile forza e abilità senza eguali di lavorare i metalli e maneggiare il fuoco, veniva spesso ritratto con martello ed incudine e vicino al fuoco.

Ares

Ares, conosciuto nella mitologia romana come Marte, era l'impetuoso dio della guerra e fratellastro della dea Atena, anch'essa divinità della guerra. Tuttavia, mentre Atena incarnava gli aspetti strategici della guerra, Ares ne personificava gli aspetti più sanguinari e violenti. Egli era il dio istigatore di odi, distruzione e stragi, incurante di chi avesse torto o ragione.

Nato in Tracia da Zeus ed Era, fu costretto a lasciare l'Olimpo quando venne scoperto, durante uno dei suoi incontri amorosi con la dea Afrodite, dal dio del Sole, che prontamente riferì l'accaduto al marito, il dio del fuoco Efesto.

Per vendicarsi, il dio decise di tender loro una trappola, forgiando una rete dorata, nella quale li intrappolò durante uno dei tanti tradimenti. Non ancora soddisfatto, chiamò gli altri dei che accorsero per deriderli. Fu solo grazie all'intercessione di Poseidone, che Zeus si convinse a liberare i due amanti. Ares, per la vergogna, fuggì in Tracia.

Ares è considerato anche dio della forza bruta, dell'arroganza e dell'insolenza.

Dall'immensa forza, era il primo a buttarsi nella mischia. Negli scontri era spesso affiancato da diverse presenze, quali: il demone del frastuono, lo spirito della battaglia e dell'omicidio, il Terrore, la Paura, e la Discordia.

Nonostante fosse amante degli scontri e del sangue, spesso Ares era propenso a ritirarsi dalle battaglie. L'esempio più classico è quando Era esortò Diomede a colpire Ares. L'eroe acheo lanciò un terribile urlo di guerra e scagliò una lancia contro il dio, che dolorante si ritirò sull'Olimpo.

A causa del suo temperamento e del terrore che lo seguiva ovunque, ispirava poca devozione ai Greci che diffidavano di lui.

Ares, iconograficamente, veniva rappresentato come un giovane robusto, dallo sguardo severo e corrucciato. Il culto di Ares era celebrato principalmente a Sparta, città particolarmente devota all'arte della guerra e della lotta.

A differenza sua, il Marte romano era meno brutale, benevolo, che cercava di difendere l'umanità da possibili pericoli.

Afrodite

Afrodite, conosciuta nella mitologia romana come Venere, non solo era la dea della bellezza, ma anche dell'amore e della fertilità. Ella rappresenta l'unica divinità senza madre né padre, dalla provenienza sconosciuta.

Secondo il poeta Omero era figlia di Zeus e della ninfa Didone, mentre per Esiodo era nata in primavera dalla spuma del mare e Urano. La dea

Afrodite, il cui nome significa proprio "spuma" in greco, era una delle dee più importanti e venerate, a lei furono dedicati moltissimi templi e celebrazioni religiose.

Quando emerse dalle onde, su una conchiglia, il vento Zefiro la vide e la trasportò con dolci onde sull'isola di Cipro. Nel momento in cui toccò terra, i fiori iniziarono a sbocciare sotto ai suoi piedi. L'accolsero le tre Grazie, che la vestirono con abiti sontuosi, riempiendola di gioielli. Dal cielo arrivò un carro di gemme, trainato da due colombe bianche, che la condusse sull'Olimpo dove gli dei la fecero sedere su un trono dorato e diventare ufficialmente una di loro. Al fine di evitare possibili scontri, Zeus si affrettò a darla in sposa ad Efesto, il quale creò per lei i gioielli più pregiati.

Dal carattere geloso e consapevole della propria bellezza, Afrodite era facile all'ira ed alla vendetta, soprattutto nei confronti di coloro che volevano strapparle i suoi amanti.

Il mirto, la rosa, il melo e il papavero erano le piante sacre ad Afrodite, mentre tra gli animali c'erano la lepre, il cigno, il delfino e la colomba. Tra le sue unioni ebbe diversi figli: dal troiano Anchise ebbe Enea; dal dio Dionisio ebbe Imene, il dio delle feste nunziali. Infine ebbe Eros e Anteros da Ares.

Eros, conosciuto dai romani come Cupido, era particolarmente malizioso e sfrecciava per il cielo con le sue frecce d'amore, divertendosi a conficcarle nei cuori delle vittime inconsapevoli.

Atena

Atena, a cui spesso viene attribuito l'epiteto Pallade (giovane), era conosciuta dai romani come Minerva, dea delle arti, della sapienza e della guerra; simbolo, inoltre, della sapienza, dell'artigianato, dell'invenzione tecnologica, dell'astuzia e della furbizia.

Dopo aver scacciato Crono, Zeus si unì a Metis, figlia di Oceano e della titanide Teti.

I due convissero serenamente, finché la madre terra, Gea, e il dio Urano profetizzarono al re degli dei del fatto che Meits avrebbe messo al mondo un figlio che lo avrebbe superato in forza, spodestandolo. Memore di quanto avvenuto con il padre Crono, Zeus decise così di ingoiare la povera Metis che, da quel giorno in poi, prese posto nel suo capo.

Quando si avvicinò il momento del parto, Zeus avvertì un insopportabile mal di testa, tanto da chiedere a Efesto di spaccargli la fronte. Dalla ferita ne uscì una dea, già armata di elmo, corazza, scudo e lancia.

Era Atena, nata già adulta, che iniziò da subito a distinguersi per il suo coraggio e la sua forza. Dea della guerra, a differenza del fratellastro Ares, ella conduceva delle guerre giuste, non basate sulla violenza. Con la sua saggezza e benevolenza, Atena era colei che garantiva ai popoli i benefici della pace.

Amata dal suo popolo, veniva rappresentata sempre con l'ulivo, la civetta, ed un mantello che l'avvolgeva.

Protettrice delle città, Atena era molto affezionata all'Attica, così come lo era Poseidone. Entrambi volevano rivendicare la città. Dopo una disputa iniziale, presero la comune decisione che l'avrebbe ottenuta chiunque sarebbe riuscito a farle il dono più bello.

Poseidone, grazie al suo tridente, creò una sorgente dalla scogliera. L'acqua che tuttavia ne uscì era salata come il mare, dunque non di particolare utilità per gli abitanti.

Atena, come dono, piantò un ulivo in una fessura della roccia. Impressionato dal fatto che un albero potesse donare cibo, olio e legna, il popolo scelse come vincitrice Atena.

Atena decise di non sposarsi, preferendo conservare la sua verginità.

Il mito di Aracne

Una delle allieve di Atena fu Aracne, una ragazza di campagna, abilissima tessitrice. Molti erano coloro che venivano da lontano per ammirare le sue opere. Ella divenne talmente superba da lamentarsi del fatto di non aver appreso nulla dalla dea Atena.

La dea, ferita, si travestì da anziana signora, cercando di farla ragionare. Non riuscendo nel suo intento, Atena si rivelò alla ragazza, sfidandola nella creazione dell'arazzo più bello. La dea scelse come soggetto la potenza degli dei. Anche Aracne scelse di rappresentare gli dei, ma con l'intento di ridicolizzarli, mostrandone tutte le debolezze e i capricci, specialmente nei loro amori con i mortali.

Presa da un'incontrollabile ira causata sia dall'irriverenza che dalla bravura di Aracne, Atena distrusse la tela della giovane, colpendola in testa con la spola del telaio.

Sconvolta, la fanciulla cercò di impiccarsi ma, in punto di morte, Atena viene mossa da compassione e la salvò. Non dimentica dell'affronto ricevuto, le inflisse comunque una punizione per la sua arroganza, trasformandola in un ragno e condannandola a tessere la sua tela per tutta l'eternità.

Il ragno è simbolo di un lavoro costante e meticoloso.

Poseidone

Poseidone, conosciuto nella mitologia romana come Nettuno, era il dio del mare, dei maremoti, e dei terremoti. Figlio di Crono e della dea Rea, era fratello di Demetra, Era, Estia, Ade e del dio Zeus.
Anche Poseidone, dopo essere stato ingoiato dal padre Crono con suoi fratelli e sorelle, venne salvato da Zeus. Egli contribuì a sconfiggere i Titani e lo stesso Crono nel corso della Titanomachia; grazie alla sua potente arma, un tridente che venne a lui donato dai Ciclopi, sconfisse i Titani e li chiuse in una prigione da lui stesso costruita.

Durante la spartizione del regno, Zeus gli donò il regno del mare, che si estendeva anche alle isole. Occasionalmente, Poseidone riemergeva per delle passeggiate sulla superficie dell'acqua, sempre accompagnato dal suo fedele tridente, su un carro trainato da bianchi cavalli con zoccoli di bronzo e un seguito di Tritoni, Sirene e Neridi.

Così come il mare, anche l'umore di Poseidone poteva considerarsi incostante. Proprio a lui erano attribuite le tempeste e i periodi di bonaccia che mutavano al variare del suo umore.

Poseidone si sposò con la neride Anfitrite, figlia di Nereo e di Doride, da cui ebbe tre figli: Tritone, Rode (da cui prese il nome l'isola di Rodi) e Bentesicima.

Così come le altre divinità, anche Poseidone era in grado di cambiare forma, così come muta l'aspetto del mare

Figura molto venerata, specialmente dai marinai, il dio Poseidone veniva rappresentato come una figura robusta, dai lunghi capelli e una barba scura, nell'atto di brandire il fedele tridente.

Anfitrite

Anfitrite, figlia di Nereo e Doride, faceva parte del gruppo delle cinquanta Nereidi che appartenevano alla corte di Poseidone. Il dio del mare si accorse per la prima volte di lei quando la vide danzare in compagnia delle sue sorelle sull'isola di Nasso. Egli notò la sua bellezza e grazia, tanto che se ne innamorò e la chiese in sposa.

La giovane, dal carattere timido, spaventandosi a causa dei modi bruschi assunti dal dio, decise di buttarsi in mare. Nuotando, raggiunse Atlante, intento a sorreggere il peso della volta celeste. Poseidone, innamorato e determinato ad averla in sposa, inviò un delfino a cercarla. In breve riuscì a trovarla e la riportò al dio.

Fu così che Anfitrite divenne regina del mare. Dalla loro unione nacquero Tritone, Rode e Bentesicima.

Sposa fedele, dovette sopportare l'infedeltà del marito con delle ninfe. In una particolare occasione, colta da una profonda gelosia, Anfitrite decise di vendicarsi della bella ninfa Scilla, figlia di Ecate e Forcis, quando si accorse della sua storia illecita con Poseidone.

Chiese aiuto alla maga Circa, figlia di Elio, che le diede delle erbe magiche da immergere nell'acqua dove la ninfa solitamente faceva il bagno, lungo lo stretto di Messina. Anfitrite eseguì quanto le era stato detto.

Non appena Scilla si immerse si tramutò in una creatura mostruosa con sei lunghi colli e dodici piedi che si nascose in una caverna, sulla costa siciliana, insieme ad un altro mostro di nome Cariddi.

Da quel momento, nell'attraversare lo stretto di Messina, le navi dovevano prestare molta attenzione a non cadere nei vortici d'acqua generati proprio da Cariddi che le inghiottiva, prima di rigettarle in mare dove Scilla le avrebbe divorate.

Apollo

Apollo, fratello gemello di Artemide, la Luna, e figlio di Zeus e Leto, nacque sull'isola di Asteria.

Dio del sole e della luce, Apollo aveva il compito di portare la primavera sulla terra, facendo sbocciare gli arbusti e i fiori, mentre, in prossimità dell'arrivo dell'inverno, faceva morire ciò che lui stesso aveva precedentemente generato.

Il dio del Sole aveva inoltre il compito di riportare all'umanità la volontà di Zeus ed era considerato, per questa ragione, il dio degli oracoli.

Cresciuto molto rapidamente, Zeus lo aveva inviato nella sua prima missione, su un carro trainato da cigni bianchi, con l'obiettivo di conquistare l'oracolo di Delfi, il più sacro luogo della Grecia. Là aveva incontrato una sibilla, sacerdotessa, che sedeva su una roccia, avvolta dai vapori del monte Parnaso grazie ai quali era in grado di osservare ciò che il futuro aveva in serbo. Ella ascoltava e ripeteva le parole di Gea, la Madre Terra.

I sacerdoti che la circondavano avevano il compito di spiegare le sue parole ai numerosi pellegrini.

L'oracolo di Delfi era custodito dal drago Pitone, divenuto irascibile e meschino a causa della vecchiaia, tanto che aveva costretto tutte le ninfe a fuggire, così come gli uccelli.

Pitone era stato avvertito dallo stesso oracolo che un giorno sarebbe arrivato il figlio di Leto e lo avrebbe distrutto. Così, non appena vide Apollo avvicinarsi a lui con il suo carro dorato, il mostro era consapevole che il suo destino stava per giungere a compimento, tuttavia decise di non arrendersi.

Iniziò a sputare fuoco velenoso, cercando di proteggere l'oracolo; una debole difesa che non riuscì ad interrompere l'avanzata di Apollo che lo trafisse con i suoi fusti d'argento.

Ecco come il dio del Sole divenne possessore dell'oracolo di Delfi.

Apollo era solito percorrere i cieli sul suo cocchio d'oro e di gemme, trainato da quattro destrieri che emettevano fuoco dalle narici. In quanto dio della salute, possedeva anche il potere di mandare mali verso coloro che voleva punire grazie all'utilizzo delle sue frecce.

Oltre ad essere il dio del sole, Apollo era anche il dio del canto, della musica e della poesia.

Il suo luogo preferito non era l'Olimpo, bensì il Parnaso, ai piedi del quale risiedeva Delfi, suo oracolo più importante.

Nell'iconografia era sempre raffigurato come un giovane, ancora privo di barba, i capelli biondi che risplendevano al sole, dal volto dolce e sereno. La sua fronte era incoronata da alloro e mirto, mentre in mano portava una cetra.

Mito di Apollo e Dafne

Dafne, sacerdotessa, nonché figlia di Gea, la madre terra, e del fiume Peneo, era una giovane ninfa che trascorreva la maggior parte del suo tempo nei verdeggianti boschi.

Un giorno, per vendicarsi del fatto che Apollo lo aveva schernito per non aver mai compiuto delle imprese degne di nota, Eros, dio dell'amore, volò in cima al monte Parnaso e scagliò due frecce. La prima, di piombo e spuntata, destinata a respingere l'amore, colpì il cuore di Dafne, mentre la seconda, destinata a far nascere una passione travolgente e incontrollabile, colpì Apollo.

Da quel momento il dio del Sole iniziò, in preda alla disperazione, a vagabondare per i boschi alla ricerca di Dafne. Quando finalmente la incontrò, quest'ultima fuggì impaurita, ignorando le confessioni amorose del dio.

Per quanto desiderasse fuggire, Dafne comprese ben presto che tutti i suoi sforzi erano vani: non sarebbe mai riuscita a sfuggire al dio del Sole. La bella giovane invocò allora l'aiuto della Madre Terra che, ascoltando le sue preghiere, la trasfigurò in un arbusto che prese il nome di "Lauro".

La trasformazione avvenne sotto lo sguardo disperato di Apollo che, non volendosi arrendere, continuò per lungo tempo ad abbracciarne il tronco nella vana speranza di poter ritrovare Dafne. Infine, arresosi di fronte all'evidenza, il dio del Sole stabilì che la pianta di alloro sarebbe stata considerata pianta sacra e segno di gloria da riporre sul capo dei vincitori.

Il mito di Fetonte

Climene, figlia di Oceano e di Teti, sposatasi con Apollo, il dio del sole, ebbe quattro figlie, le cosiddette *Eliadi*: Egiale, Lampetusa, Lampezia e Fetusa; e un figlio di nome *Fetonte*.

Fetonte era molto amico del giovane Epafo, figlio di Zeus ed Io.

Un giorno, Epafo, stanco di dover ascoltare Fetonte vantarsi senza sosta del fatto di essere figlio del dio Sole, iniziò a mettere in dubbio la veridicità delle sue affermazioni.

Questo comportamento alterò il giovane Fetonte che, tornato a casa, domandò spiegazioni alla madre, la quale in tutta risposta gli disse di andare a chiedere direttamente a suo padre, Apollo.

Seguendo il consiglio di Climene, Fetonte partì per raggiungere la reggia del Sole.

Dopo un lungo cammino, avvolto da un calore sempre crescente, arrivò presso le porte del palazzo d'oro del padre. Essendo sera, Apollo era seduto sul trono, affiancato dal suo solito seguito, tra cui i Secoli; gli Anni, i Giorni, le Ore e le Stagioni, intenti a scherzare tra loro.

Quando videro comparire alla porta Fetonte, il chiacchiericcio si placò, mentre il ragazzo, inizialmente intimorito, rimaneva nei pressi dell'ingresso.

Non appena lo riconobbe, Apollo si affrettò a raggiungerlo, accogliendolo gioiosamente e domandando il motivo della sua visita.

Senza più esitazioni, Fetonte chiese dunque conferma del fatto di essere effettivamente suo figlio.

Nel sentire quelle parole, il padre lo abbracciò commosso, affermando che, per dimostrare tutto l'affetto che provava per lui, avrebbe esaudito qualsiasi sua richiesta.

Tuttavia, dopo che il giovane ebbe supplicato Apollo di fargli portare per un giorno il carro del Sole, così da poter dimostrare a tutti le sue divine origini, la sua gioia si tramutò in orrore. Il dio cercò con qualsiasi mezzo di dissuadere il figlio, consapevole che nessuno sarebbe riuscito a governarlo all'infuori di lui.

Fetonte si intestardì, ribattendo che, in quanto suo discendente, sarebbe riuscito nell'impresa.

Invano Apollo cercò di persuadere il testardo figlio: aveva fatto una promessa e non poteva tirarsi indietro di fronte alla parola data.

Eos, l'aurora, aveva ormai tinto il cielo di un tenue rosa, mentre Selene, la Luna, stanca del suo lungo viaggio notturno, si stava ormai ritirando. Dovendo sottostare a quanto promesso, Apollo fu costretto ad accettare la richiesta del figlio, osservando impotente Fetonte allontanarsi sul suo carro.

Inizialmente il giovane si riempì di gioia e orgoglio, attraversando le nuvole e tagliando il vento, tuttavia questa leggerezza di cuore durò ben poco. I quattro destrieri che trainavano il carro, quando avvertirono una pressione minore sulle briglie, iniziarono a correre in tutte le direzioni, completamente fuori controllo, scuotendo pericolosamente il cocchio dorato.

Fetonte venne preso dal panico, rimpiangendo di non aver prestato ascolto agli avvertimenti del padre. Non poté far altro che osservare il carro impazzito che, avvicinandosi o allontanandosi dalla terra, bruciava tutto ciò che incontrava, causando danni irreparabili, facendo fumare le nubi, inaridire le terre più fertili, bruciare le messi e prosciugare i fiumi.

Fu Zeus infine che, avendo pietà degli uomini, per salvarli, colpì con la sua folgore Fetonte che, morente, precipitò nel fiume Eridano, mentre i cavalli facevano ritorno nella stalla.

Le naiadi dell'Esperia seppellirono il povero fanciullo, facendo incidere sulla sua tomba le seguenti parole: "Qui giace Fetonte, auriga mortale di un cocchio divino. Non lo resse, ma cadde tentando un'impresa sublime".

La madre Climene e le quattro sorelle girarono la terra in lungo e in largo alla ricerca del giovane, finché non incapparono nella sua tomba. La loro disperazione fu talmente grande che gli dei ebbero pietà di loro, e Zeus le tramutò in pioppi, mentre le loro lacrime divennero gocce d'ambra.

Anche Apollo soffrì tremendamente per la perdita del figlio, tanto che per un giorno intero, l'unico che si ricordi, giacque sopraffatto dal dolore, non portando a termine le sue mansioni quotidiane.

Fu lo stesso Zeus che dovette spronarlo per riprendere la sua attività, in quanto gli dei non possono in alcun modo sottrarsi dalle loro responsabilità.

Dopo la tragedia, la vita iniziò lentamente a tornare nel mondo, così come il susseguirsi dei giorni e delle stagioni, con il regolare ritorno del cocchio dorato del Sole.

Artemide

Artemide, conosciuta nella mitologia romana come Diana, era figlia di Zeus e Leto, nonché sorella gemella di Apollo.
Dea della Luna e della Notte, rischiarava di notte con la sua cerea luce. Ella era considerata dea della caccia, nonché protettrice e

guida dei viandanti, specialmente nei boschi, rifugi di numerosi animali, tra cui lepri, cervi e daini.

Artemide, ad appena 3 anni, aveva chiesto a Zeus, suo padre, di concederle nove desideri: rimanere per sempre vergine; essere conosciuta con diversi nomi; diventare la "Donatrice di Luce"; possedere arco e frecce e una tunica che le arrivasse fino alle ginocchia; avere a disposizione sessanta delle figlie di Oceano che avrebbero formato il suo coro personale e venti ninfe che le facessero da ancelle. Infine, chiese di essere signora delle montagne e di poter aiutare le donne afflitte dai dolori del parto.

I suoi desideri furono tutti esauditi.

Artemide trascorse il periodo del**la sua infanzia ad apprendere l'arte della caccia, preparandosi a vivere nei boschi.** Con il tempo, tuttavia, si scoprì molto gelosa dei suoi possedimenti, tanto da diventare implacabile nei confronti di chiunque fosse entrato, anche solo per errore, nel suo territorio.

L'esempio più classico fu quello di Atteone, un cittadino di Tebe, che per errore la vide nuda in un fiume, mentre la dea era a caccia.

Nonostante le ninfe cercarono come meglio poterono di affrettarsi per coprirla, non arrivarono in tempo.

Artemide, furiosa, trasformò Atteone in cervo, fomentando i suoi cani a divorarlo.

Orione

I gemelli Apollo e Artemide, per quanto diversi, erano molto affezionati l'uno all'altra, così come alla madre Leto.

Per questo motivo, quando Orione, figlio di Poseidone, divenne compagno di caccia e fedele amico di Artemide, nacque nel cuore di Apollo l'ombra di un timore. **Egli temeva, infatti, che Orione potesse rubare la verginità della sorella**.

Al fine di allontanarlo, raccontò a Gea, madre della terra, come Orione fosse un cacciatore borioso e pieno di superbia.

Irata, la dea inviò uno scorpione a ucciderlo. Nel tentativo di fuggire al suo inevitabile destino, il povero Orione si tuffò in mare, iniziando a nuotare in direzione di un'isola vicina.

Approfittando della situazione, Apollo disse ad Artemide che il fuggitivo era uno sconosciuto che aveva provato ad approfittare di una delle sue ninfe. Non riconoscendo in lontananza la figura del fedele compagno, la dea, furente, lo uccise con una delle sue frecce. Quando si accorse di aver ucciso Orione, disperata, chiese al padre di trasformarlo in una costellazione.

Mito di Oto ed Efialte

Conosciuti anche come Aloidi, Oto ed Efialte erano due spaventosi giganti, identici nell'aspetto, figli della ninfa marina Efimedea e del dio del mare Poseidone.

Gea, ancora alterata con Zeus per aver abbandonato i Titani nel Tartaro, guardava con piacere il crescere degli Aloadi.

I due, sotto consiglio di madre terra, vollero raggiungere il Monte Olimpo, sovrapponendo per raggiungere il loro scopo i due monti della Grecia Ossa e Pelio.

Altezzosi e superbi, imposero a Zeus, re degli dei, di cedere loro i propri poteri e ad Artemide di andare in sposa ad Oto, mentre Era sarebbe andata in sposa ad Efialte.

Le dee rifiutarono, mentre Zeus scagliò contro di loro dei fulmini che, tuttavia, non sortirono alcun effetto. Quando il dio della guerra Ares tentò a sua volta di fermare la loro ascesa, gli Aloadi lo imprigionarono in una giara di bronzo per più di un anno, finché non venne liberato dall'astuto Hermes.

Fu infine Apollo ad escogitare un ingegnoso piano che li avrebbe fermati: dato che non poteva vincerli in forza, fece in modo che si uccidessero a vicenda. Artemide avrebbe innanzitutto dovuto fingere di essersi innamorata di Oto.

Apollo stesso comunicò al gigante del travolgente amore da parte della sorella, la quale lo stava attendendo presso l'isola di Nasso. Questo scatenò la gelosia di Efialte, che non era riuscito a conquistare Era. Nonostante tutto, decise comunque di accompagnare il fratello all'incontro con la sua futura sposa.

Non appena Artemide scorse i due in lontananza, si trasformò in un cervo bianco e corse verso di loro. In quanto esperti cacciatori, cercarono di attaccarla, ma ella riuscì agilmente a sfuggire alle loro lance con le quali si trafissero erroneamente a vicenda.

Oto ed Efialte vennero così legati e gettati nel Tartaro.

Il mito di Niobe

Figlia di Tantalo, re della Lidia, Niobe sposò Anfione, re di Tebe. Molto bella e ricca, ella ebbe quattordici figli: sette maschi e sette femmine. Fiera e superba, Niobe si dichiarò migliore di Leto, che aveva avuto solo due figli.

Apollo e Artemide, affezionatissimi alla madre, decisero di punirla per la mancanza di rispetto, sotto richiesta della stessa Leto.

Apollo trovò i giovani figli di Niobe che erano intenti a cacciare sul monte Citerone e li uccise, risparmiando solo Amicla, il quale aveva innalzato una preghiera propiziatoria proprio a Leto.

Nel mentre, Artemide trovò le fanciulle immerse nella filatura in una sala del palazzo e a sua volta, con una manciata di frecce che avevano il dono di portare una morte indolore, le uccise, eccetto Melibea, che aveva imitato l'esempio di Amicla.

Con il cuore spezzato, per nove giorni e nove notti Niobe pianse i suoi figli, senza trovare nessuno che li seppellisse, poiché Zeus aveva tramutato tutti i Tebani in pietre, ad eccezione di Niobe. Solo nel corso del decimo giorno, gli dei stessi, spinti da compassione, guidarono il funerale e li seppellirono personalmente.

Niobe si rifugiò oltremare sul monte Sipilo, dimora del padre Tantalo.

Zeus, mosso da pietà di fronte alla sua sofferenza, la tramutò in statua, al cui interno sgorgava una sorgente di acqua, simbolo delle sue lacrime.

Ade

Ade, dio dei morti, era figlio dei Titani Crono e di Rea, nonché fratello del re degli dei, Zeus, e del re del mare, Poseidone. Quando venne il momento di dividersi il dominio paterno, Ade ricevette il regno dei morti, l'Erebo, un regno sotterraneo, tenebroso, della notta e del dolore, dove la speranza non riusciva a farsi strada.

Un dio di poche parole, era molto temuto dal popolo umano, tanto che nessuno osava pronunciare il suo nome, preferendo usare l'appellativo Plutone, che significa in greco "ricco", così come il terreno sotterraneo era ricco di radici.

Ade aveva un volto inflessibile, duro e pallido, ricoperto da un'ispida barba nera, come i suoi capelli. Egli era anche soprannominato ironicamente "Ospitale", in quanto era sempre disposto ad accogliere nel suo regno una nuova anima morta.

Hermes era colui che aveva il compito di portare le anime dei defunti fino al fiume Stige, il fangoso affluente degli inferi. Queste sarebbero quindi state traghettate da Caronte, solo in caso avessero avuto i soldi per attraversare. Coloro che non potevano permettersi la traversata, rimanevano a vagare sulle sponde, in cerca dell'entrata.

Minosse, Radamante ed Eaco avevano poi il compito di giudicarle.

Infine, Cerbero, il cane infernale a tre teste, era di guardia alle porte del regno dei morti. Questo lasciava entrare le anime, ma da lì non potevano più uscire.

La dimora di Ade era situata in un oscuro castello. Simbolo del suo potere era uno scettro con il quale dominava il suo regno.

Egli veniva iconograficamente raffigurato seduto su un trono, accanto alla sposa Persefone, mentre in mano portava la chiave dell'Erebo e accucciato ai suoi piedi Cerbero.

Il narciso e il cipresso erano i simboli sacri ad Ade. A lui venivano sacrificate pecore nere.

Dioniso

Dioniso, conosciuto nella mitologia romana con il nome di Bacco, era il dio della natura e della vegetazione. Prole di Zeus e Semele, figlia di Cadmo, re di Tebe.

La madre Semele era stata vittima di Era, regina degli dei, che, presa da una cieca gelosia, decise di ucciderla. Assumendo le sembianze di una delle sue nutrici, insinuò nel suo animo il dubbio che Zeus non l'amasse, consigliandole di metterlo alla prova.

Zeus era solito di fronte a lei sotto spoglie mortali. Come prova del suo amore, Semele gli chiese di assumere la sua forma divina di fronte a lei. A nulla servirono gli avvertimenti di Zeus.

Come previsto da Era, Semele non sopravvisse di fronte allo splendore del re degli dei. Zeus riuscì solo a salvare il piccolo che ella portava in grembo, cucendolo nella sua coscia fino al momento della nascita.

Dopo nove mesi, Zeus fece uscire dalla coscia il piccolo, di nome Dioniso, e lo affidò ad Hermes, affinché lo portasse dalle ninfe per allevarlo. L'infante venne così condotto a Nisa, luogo misterioso e sperduto, in una caverna sulla montagna. Le sette ninfe a cui venne affidato si chiamavano Iadi, che ottennero come segno di riconoscenza di Zeus, una costellazione a loro dedicata.

Crescendo, Dioniso venne inoltre seguito da Ino, sorella della madre Semele, e dall'anziano Sileno, figlio di Hermes.

Dioniso si appassionò alla vita nei boschi e alla caccia. Fu proprio durante una delle sue uscite che incontrò sul suo cammino un grappolo d'uva: dopo averlo preso, lo spremette in un calice dorato, creando un liquido purpureo che da lì in poi sarebbe stato conosciuto come vino.

Assaggiandolo, il dio si stupì degli effetti di tale liquido, che sembrava allontanare qualsiasi pena e segno di stanchezza, sostituendolo con un senso di euforia crescente.

Dioniso lo fece assaggiare alle Ninfe, al vecchio Sileno e a tutte le divinità del bosco. Da lì nacquero e si susseguirono numerose feste a base di vino, dove la ragione lasciava lentamente il posto all'esaltazione. In suo onore vennero indette le solenni Feste Dionisiache due volte all'anno: in autunno, nel momento della vendemmia, e in primavera.

Contrapposto alla parte spirituale e razionale degli esseri umani, Dioniso rappresentava un'energia piena e forte della natura, colui che portava frutto nella natura.

Egli veniva iconograficamente rappresentato come un fanciullino, con fattezze molto delicate e una corona di edera che gli circondava i ricci capelli. A lui erano sacri la vite, l'edera la quercia e, tra gli animali, la lince, la tigre e la pantera.

Demetra

Demetra, conosciuta nella mitologia romana come Cerere, era dea dell'agricoltura, della terra e del grano, figlia di Crono e Rea, era sorella di Zeus. Demetra era inoltre considerata la protettrice della gioventù, della terra, nonché colei che sorvegliava il ciclo delle stagioni, del matrimonio e delle leggi sacre. Così come i contadini, anche la dea aveva un carattere semplice, dall'indole affettuosa e benevola.

Ella proteggeva tutti i prodotti agricoli, in particolar modo i cereali e le biade.

Demetra ebbe come figlia Persefone, la giovane rapita da Ade che la fece diventare sua sposa.

La dea veniva raffigurata come una matrona dal viso severo e maestoso, incoronata da una corona di spighe, nell'atto di stringere in una mano una fiaccola e nell'altra un cesto ricolmo di frutta. A lei venivano sacrificati buoi e maiali, oltre a frutta e miele.

Estia

Estia, conosciuta nella mitologia romana con il nome di Vesta, dea della casa e del focolare, era la prima figlia di Crono e Rea, sorella maggiore di Zeus ed Era.

Ella ha come simbolo un cerchio. Il suo altare nelle case era formato da una piccola fiamma racchiusa in un braciere rotondo. Ogni città greca era solita avere nel suo maggiore edificio un Pritaneo, cioè un grosso braciere dove si trovava il fuoco di Estia, che non doveva mai spegnersi.

Nelle case, il fuoco di Estia veniva usato per cucinare e per scaldarsi.

Nonostante il suo culto era piuttosto semplice e quasi privo di significative leggende, la popolazione greca era molto affezionata a questa dea, considerata anche la protettrice degli ospiti della casa.

Agli uomini che venivano inviati a conquistare un nuovo territorio, si affidava infatti una fiammella di fuoco sacro così da poter accendere un fuoco nella nuova città, simbolo della madrepatria.

Così come Artemide, anche Estia fece un voto di castità. Di grande bellezza, dopo che Poseidone ed Apollo la chiesero in sposa, ella decise di non sposarsi così da non rischiare di creare un concorrente al trono di Zeus.

Hermes

Hermes, conosciuto nella mitologia romana con il nome di Mercurio, era figlio di Zeus e Maia, la primogenita delle Pleiadi. Egli era il dio dei pastori, dei mercanti, dei viaggiatori e dei ladri.

Hermes era considerato la personificazione del vento: leggero, veloce, scherzoso, astuto, intelligente e incostante.

Egli nacque in una grotta nel monte Cillene, dove la madre viveva per nascondersi dalle ire di Era.

Appena nato, si liberò ben presto dalle fasce che lo avvolgevano, uscendo dalla caverna. Essendo per sua indole dispettoso, in una particolare occasione sgusciò nel pascolo di Apollo durante la notte e gli rubò cinquanta mucche, facendole camminare a ritroso in modo da non lasciare impronte di zoccoli sul terreno.

Trovò lungo la via una tartaruga a cui sfilò il guscio e nella sua cavità, grazie all'utilizzo di sette corde, fabbricò un nuovo strumento musicale: la lira. Dopo aver sacrificato agli dei dell'Olimpo due buoi e aver preso alcune loro parti per creare le corde della lira, nascose il bestiame nella sua grotta, quindi tornò a dormire.

Apollo, in quanto dio degli oracoli, venne rapidamente a conoscere la verità e si recò da Hermes, il quale si ostinò a negare di aver compiuto il misfatto.

Il dio degli Sole, di fronte a quel fanciullo che sapeva mentire con tale padronanza, si ripromise di punirlo. Hermes tuttavia non si curò della minaccia, ma si mise a suonare la lira. All'udire quel melodioso suono, Apollo ne rimase incantato e, in quanto dio della Musica, pregò il giovane di donargliela in cambio del bestiame che gli aveva sottratto.

Hermes accettò di buon grado l'offerto e Apollo gli donò anche una verga magica, ornata da due serpenti doro.

Rapido come il vento, Hermes venne ben presto scelto dallo stesso Zeus come messaggero degli dei, ricevendo anche delicatissime missioni, di cui aveva completa libertà d'agire. Il re degli dei aveva infatti molta fiducia nella prudenza e furbizia del giovane.

In quanto messaggero degli dei, Hermes era anche il dio dei sogni, poiché questi ultimi erano considerati dei messaggi di Zeus. Egli aveva anche il compito di chiudere gli occhi dei mortali con la sua magica verga, accompagnando le ombre dei morti nell'Erebo.

Hermes era sempre in viaggio e, proprio per questo, era considerato protettore dei viaggiatori e della sicurezza delle strade.

Tra i numerosi templi a lui dedicati, il più importante era in Arcadia, a Feneo.

Nell'iconografia, Hermes è rappresentato con una tartaruga, un gallo e i famosissimi sandali alati grazie ai quali riusciva a spostarsi molto velocemente.

PARTE 3: EROI, STIRPI E ALTRE LEGGENDE

La leggenda di Narciso

Il bel Narciso era figlio di una ninfa di nome Liriope e del fiume Cefiso.

Appena in fasce, Liriope si era diretta dall'oracolo Tiresia per sapere se suo figliolo avrebbe goduto di una lunga vita. Il vate replicò che il giovane non sarebbe morto solo se non avesse mai ammirato se stesso, un'affermazione che non fece altro che confondere la povera ninfa.

Narciso crebbe di una bellezza straordinaria, tanto che a quindici anni già tutte le ninfe del bosco gli offrivano doni d'amore. Il giovane, tuttavia, disdegnava le loro attenzioni.

Tra le ninfe, vi era anche la giovanissima Eco, la quale, a causa di una punizione di Era, aveva una voce stridula, che la costringeva a ripetere la fine dei discorsi che ascoltava.

Come le altre, anche Eco era innamorata di Narciso e rimpiangeva la perduta loquacità e la leggerezza che la aveva, un tempo, indotta a sfidare la dea. Ai tempi, infatti, per salvare le sue amiche, perseguitate amorosamente da Zeus, dalle crudeli vendette della sua gelosa sposa, si era assunta il compito di distrarne l'attenzione con allegre chiacchiere e rumorose risate.

Quando venne scoperto l'inganno, fu Eco a dover pagare per tutte.

Ora che la voce e le parole avrebbero potuto aiutarla a realizzare i suoi sogni, dovette rassegnarsi, e cercare un altro modo per farsi intendere dal bellissimo giovane. Iniziò a seguire Narciso ovunque andasse, nascondendosi tra i cespugli, dai quali spiava ogni sua mossa e attendeva l'occasione propizia per manifestargli tutto il suo amore.

Un giorno l'opportunità si presentò. Narciso si trovava seduto sulla riva del fiume, assorto nei propri pensieri, intento a dar voce alla sua tristezza, considerando tra sé e sé l'inutilità della vita.

Eco, poco distante, riuscì, utilizzando le parole usate del giovane, a costruire una confessione d'amore.

Quando si accorse della sua presenza, tuttavia, Narciso si infastidì, allontanandosi senza dire una parola, con sguardo annoiato.

Consumata dal dolore, la povera Eco iniziò a digiunare, implorando gli dei di avere giustizia. Da quel momento, nascosta tra le piante e gli alberi del bosco, la ninfa divenne lo spirito e la voce della natura, cosicché, chiunque passasse in prossimità di rocce o montagne e parlava o chiamava, poteva riudire le proprie parole ripetute all'infinito.

Nel mentre, Narciso, ignaro e indifferente di quanto era successo intorno a lui, passò accanto a una limpida e pura fonte chiamata Rannusia. Colto da una improvvisa arsura, si chinò per bere.

Riflessa tra le acque del lago vide la propria immagine, ma non si riconobbe.

Stupito, si ritrovò ad osservare lo splendido volto che ricambiava il suo sguardo.

Convinto inizialmente di essere separato da colui di cui vedeva soltanto il riflesso a causa di un misterioso sortilegio, Narciso ne invocò la liberazione. Quando tese le mani nel tentativo di afferrare l'immagine fugace, questa scomparve con l'incresparsi delle acque.

Temendo di impazzire, Narciso fuggì.

Non riuscì a star lontano per molto tempo, a causa del ricordo sempre più doloroso che lo obbligò a tornare nei pressi del fiume, dove il velo d'acqua sembrava così profondo e l'oggetto del suo improvviso amore così lontano da risultare irraggiungibile.

Fu così che il bel giovane trascorse lunghi giorni chino su quelle acque, sempre più ansioso di carpirne i segreti.

Finalmente, dopo lungo riflettere, il suo iniziale sospetto si trasformò in una certezza: Narciso scoprì di amare perdutamente se stesso.

La sua pena divenne mortale.

Il giovane era consapevole della singolarità di quanto gli stava capitando, tuttavia, più cercava di reprimere l'assurda passione per se stesso, più questa cresceva, togliendogli forza e volontà. Mai sazio di ammirarsi e sempre più disperato, prese la spada e si uccise, trafiggendosi il petto.

Morì sulla riva del lago che lo aveva stregato.

La profezia di Tiresia e il voto di Eco si erano avverati.

Sulle sponde del limpidissimo specchio d'acqua nacque un piccolo fiore che portò il nome di colui che lì vi era morto: Narciso. Come il suo predecessore, anche il fiore si rifletteva sulla chiara superficie che ne riproduceva perfettamente la forma a croce.

Eracle

Il re di Argo, di nome *Perseo*, eroe conosciuto da tutti per le sue imprese eroiche e gloriose. Egli aveva sposato *Andromeda* e da lei aveva avuto diversi figli, tra cui *Alceo, Elettrione* e *Stenelo*.
Anfitrione, figlio di Alceo, re di Tirinto, uccise involontariamente lo zio Elettrione, re di Micene e padre della bella *Alcmena*, della quale il giovane si innamorò, sposandola e rifugiandosi con lei a Tebe.

Anche lo stesso re degli dei, non appena la vide, ne rimase affascinato, tanto che nacque il forte desiderio di avere da lei un figlio eccezionale, colui che sarebbe stato in grado di difendere dei e uomini.

Essendo Anfitrione di indole onesta e fedele al marito, per mettere in atto il suo piano, Zeus dovette ricorrere ad un trucco molto ingegnoso, assumendo le sembianze di Anfitrione. Egli approfittò della notte in cui l'uomo, reduce dalla guerra, stava per rincasare, precedendolo e prendendone il posto accanto alla bella sposa, la quale non si accorse dell'inganno.

Il vero Anfitrione rincasò poco dopo e rimase piuttosto sorpreso dal poco entusiasmo mostrato dall'innocente Alcmena alla vista del marito.

Questa vicenda portò alla nascita di due gemelli diversissimi tra loro a causa della diversa paternità: il primo, figlio di Zeus, si chiamò *ERACLE*, mentre il secondo, figlio di Anfitrione, prese il nome *Ificle*.

Ancor prima della nascita del figlioletto, Zeus aveva ingenuamente annunciato, nel corso di un'assemblea divina, la prossima venuta di un suo erede dalle straordinarie abilità, destinato a regnare su tutta la regione Argiva, ignorando il rancore che ciò avrebbe generato nella moglie Era, specialmente nell'apprendere un nuovo tradimento da parte del marito.

Gelosa e vendicativa, ella si diresse così a Micene, da Steneleo, un altro figlio di Perseo, che nel frattempo aveva occupato il trono vacante di

Tirinto. Era abbreviò i tempi della gravidanza della moglie di Steneleo, così che suo figlio Euristeo sarebbe nato prima del figlio di Zeus e avrebbe avuto lui il potere sulle terre Argive.

Molta fu la rabbia di Zeus quando apprese la notizia, ma ormai era troppo tardi.

Quando nacque, ancora in fasce, l'indole eccezionale di Eracle fu dal principio molto evidente.

Decisa più che mai a liberarsi di lui, Era aveva introdotto nella culla dell'infante, che occupava con il gemello Ificle, due grossi e pericolosi serpenti. Ificle si spaventò molto, tuttavia Eracle strozzò con le sue forti manine i rettili, rendendo vano il piano di Era.

Gli anni trascorsero e il ragazzo venne affidato ai migliori maestri: Lino, nipote di Apollo e fratello di Orfeo, gli insegnò l'arte della musica e l'uso degli strumenti musicali; Eumolpo il canto; Eurito, il tiro con l'arco; Anfitrione gli insegnò a guidare il cocchio; Castore lo esercitò nelle armi; Autolico lo istruì sulla lotta, il centauro Chirone la scienza, l'astronomia e la medicina; e Radamanto il diritto.

Dal carattere irascibile, nel corso di una lezione di musica, il giovane Eracle uccise con la cetra il suo maestro Lino. Conseguenza di quell'incidente, constatando la sua incredibile forza e gli scatti d'ira del giovane, il patrigno Anfitrione lo mandò a vivere tra i pastori che custodivano i suoi greggi sul monte Citerone.

La vita all'aria aperta e l'aiuto dei suoi educatori accelerarono lo straordinario sviluppo fisico e mentale di Eracle, che apprese anche l'arte della lotta, della scherma e dell'arco. Divenne così forte che, in un'occasione, uccise un bue di ingenti dimensioni e lo divorò in un sol boccone.

Si narra che, mentre era seduto a riflettere sulla vita futura, si presentarono ad Eracle due donne, la Mollezza, che gli propose una vita agevole all'insegna dei piaceri; e la Virtù, che gli offrì una vita faticosa che tuttavia l'avrebbe condotto alla gloria.

Senza pensarci, il giovane scelse la Virtù.

Dal grande coraggio e forza senza eguali, a diciotto anni uccise un leone che terrorizzava e devastava gli armenti del padre e che tutti temevano. Con la pelle si fece un mantello, mentre con la testa del leone fabbricò una specie di elmo.

Fu proprio in quel periodo che, ospite nella casa di Tespio, re di Tespia, dormì per cinquanta notti con ciascuna delle cinquanta figlie del sovrano, il quale desiderava, e li ebbe, cinquanta nipoti proprio dallo straordinario figlio di Zeus.

Un giorno, mentre tornava da una battuta di caccia, il giovane incappò nei messi di *Ergino,* re di Orcomeno, che aveva inviato i suoi araldi a Tebe al fine di riscuotere un pesante tributo annuo di cento buoi dovutogli dal re Creonte. Eracle, alterato a causa di questo sopruso, tagliò loro il naso e le orecchie, quindi li rimandò incatenati al loro signore.

Per tutta risposta, il re inviò contro il giovane un intero esercito che venne prontamente sbaragliato. Durante la guerra, tuttavia, persero la vita sia Ergino che Anfitrione.

Creonte, re di Tebe, grato ad Eracle per quanto aveva fatto, gli offrì in sposa la figlia maggiore, *Megara*.

Tutti gli dei festeggiarono gli sposi, inviando magnifici doni, tra cui spade, archi, pettorali e cavalli.

Soltanto Era, ancora invidiosa della felicità di quella famiglia e non dimentica del torto subito, diede un'ulteriore prova del suo animo vendicativo e fece impazzire l'eroe, che, in preda a un folle delirio, gettò nel fuoco i tre figli avuti dalla sposa e i due discendenti del fratello Ificle.

Quando tornò in sé, disperato e pentito, dopo aver pianto a lungo lacrime amare, fuggì lontano. Volendo espiare i suoi terribili peccati, consultò l'oracolo di Delfi, il quale gli ordinò di recarsi dal re di Tirinto, suo cugino Euristeo, che proprio per volere di Era era nato prima di lui, e di mettersi al suo servizio per dodici anni.

Le Dodici fatiche di Eracle

Quando venne a conoscenza dell'ordine dell'oracolo, Euristeo non si mostrò particolarmente contento all'idea di avere a suo servizio un uomo tanto pericoloso come Eracle. Proprio per questo motivo cercò in tutti i modi di liberarsi del cugino, imponendogli pericolosissime e impossibili imprese, con la speranza che sarebbe andato incontro alla morte. Queste furono proprio le imprese che lo resero celebre e che gli valsero il nome "Eracle", ovvero "Gloria di Era", in quanto che fu proprio grazie all'odio della regina degli dei che egli poté trarre vanto di tante sfide.

1. Il leone Nemeo

La prima fatica che Eracle dovette affrontare, fu quella di uccidere un pericoloso leone che infestava la valle di Nemea, un terribile mostro crudele, nato da *Tifone*, figlio di Gea, la terra, e del Tartaro; e da *Echidna*, figlia del cavallo alato Crisaore, fratello di Pegaso.

Questo leone era rinomato per essere invulnerabile, tanto che nessun'arma mortale era in grado di scalfire la sua pelle.

Ritenendola una prova impossibile, Euristeo ordinò così ad Eracle di portargli la pelle del famoso leone.

L'eroe andò ad affrontare il leone con grande coraggio, armato solo della sua clava. Il leone, quando vide comparire un uomo tanto valoroso, si intimorì e fuggì.

Eracle allora si lanciò all'inseguimento, finché riuscì a spingerlo all'interno di una caverna priva di uscita; dopo una furiosa lotta corpo a corpo l'eroe lo soffocò, stritolandolo tra le sue possenti braccia.

Quando riportò vittorioso la pelle del leone ad Euristeo, il sovrano, non sapendo realmente cosa farne, la regalò ad Eracle, il quale decise di indossarla come armatura e simbolo di invulnerabilità.

2. L'idra di Lerna

Sterminato il leone, Euristeo ordinò ad Eracle di andare ad uccidere l'idra di Lerna, una serpe acquatica con nove teste, che fu madre di Chimera. L'Idra era figlia di Tifone e di Echidna, così come il Leone Nemeo.

Lerna era una palude pestifera, collocata a sud di Argo, la cui aria era così pestilenziale da uccidere gli uccelli in volo. La causa di ciò era proprio il fiato dell'Idra che, ogni qual volta usciva dalla sua tana, devastava tutto ciò che la circondava, divorando mandrie e greggi.

Armato di spada, Eracle tentò inizialmente di recidere quelle terribili teste, tuttavia non riuscì nel suo intento, in quanto ogni volta che ne decapitava una ne ricrescevano sempre di nuove. Allora, con l'aiuto del nipote e fedele compagno Iolao, figlio di Ificle, diede fuoco a un bosco vicino e, usando gli alberi come tizzoni, bruciò le teste man mano che ricrescevano, seppellendo quell'immortale creatura sotto un'enorme e pesantissima roccia.

Riuscì così ad uccidere l'idra. Si servì poi della sua bile velenosa per infettare le proprie frecce, che causavano piaghe inguaribili e cancrenose a coloro che ne venivano colpiti.

Tornato nuovamente vittorioso da Euristeo, ebbe odine di ripartire immediatamente per la sua terza impresa.

3. La cerva di Cerinea

Sul monte Cerineo, fra l'Arcadia e l'Acaia, viveva una meravigliosa cerva dalle corna d'oro e i piedi di rame, sacra alla dea Artemide. Infaticabile e veloce, nessuno era mai riuscito nell'intendo di raggiungerla. Per volere di Euristeo, Eracle avrebbe dovuto catturarla viva.

L'eroe la inseguì per un anno intero, non arrendendosi di fronte alla velocità della cerva, che lo portò ad esplorare monti, campi, boschi, luoghi deserti, raggiungendo infine il paese degli Iperborei, dove finisce il mondo. Fu proprio in quel frangente che la cerva iniziò a mostrare i primi segni di stanchezza, vedendo che non c'era più terra attorno a lei, decise di tornare indietro.

Determinato e ancora nel pieno delle forze, Eracle accelerò il suo passo ed infine riuscì a raggiungerla.

Non appena si accorsero della cattura della preziosa cerva, gli dei Artemide e Apollo accorsero indignati per liberarla. Non fu facile per l'eroe placare la loro ira, spiegando loro che si era semplicemente limitato ad eseguire gli ordini di Euristeo.

Eracle riuscì a placare gli animi degli dei, promettendo loro che, una volta consegnato il bellissimo animale al re, il quale ancora una volta non avrebbe saputo cosa farci, l'eroe gli avrebbe reso la libertà.

Così avvenne.

4. Il cinghiale di Erimanto

Fu poi la volta di affrontare un feroce cinghiale che stava devastando i territori di Psofide, tra l'Acaia e l'Arcadia, e aveva il suo covo sulle pendici del monte Erimanto. Per la seconda volta, Eracle aveva il compito di catturarlo vivo, così come aveva fatto con la cerva.

Vagando alla ricerca del famigerato animale, esplorando cavità montuose, cespugli e burroni, egli giunse alla dimora dell'amico Folo, un centauro che, lieto del suo arrivo, organizzò in suo onore un allegro banchetto.

Attirati dall'odore del cibo e del vino, arrivarono molti altri centauri che non erano stati invitati. Ormai ubriachi, aggredirono Eracle. Nacque una zuffa feroce, durante la quale l'eroe disperse gli assalitori e li inseguì fino alla Laconia, dove essi trovarono rifugio dal saggio centauro Chirone.

Il giovane era sinceramente affezionato a Chirone che, disgraziatamente, rimase ferito durante i disordini con i centauri.

Eracle cercò in ogni modo di aiutarlo, tuttavia la freccia maledetta che lo aveva colpito faceva parte del gruppo infettato con la bile dell'Idra di Lerna. Il centauro ferito soffriva terribilmente, tanto da desiderare la morte, ma la sua immortalità impediva lui questo sollievo.

Eracle ritornò allora sconsolato da Folo, che nel mentre era morto, sempre a causa di quelle frecce velenose. Nell'atto di estrarne una dal corpo di un suo compagno, infatti, gli era scivolata di mano e gli era caduta su di un piede, forandolo. Questa gli aveva provocato una fine immediata e dolorosa.

All'eroe non restò altro da fare che dargli tristemente sepoltura e riprendere l'interrotto cammino per portare a termine il compito affidatogli da Euristeo.

Quando infine trovò il cinghiale rintanato in una grotta, riuscì a farlo uscire grazie ad una trappola che gli aveva teso. Lo legò per le zampe e se lo caricò in spalla, quindi si mise in cammino per consegnarlo ad Euristeo.

5. La pulizia delle stalle di Augia

Augia era un re di Elide, figlio forse di Apollo, che, possedendo migliaia di buoi, aveva anche numerosissime e grandissime stalle che, tuttavia, non erano mai state pulite, e lo sporco accumulato in anni di negligenza aveva iniziato ad invadere tutti gli spazi destinati alle bestie, emanando inoltre un tremendo puzzo.

Non era semplice trovare qualcuno che fosse disposto a ripulire delle stalle ridotte in quelle terribili condizioni. Fu proprio Eracle, per volere di Euristeo, che dovette assumersi l'ingrato compito.

Nonostante tutto, il giovane non si perse d'animo: aveva già infatti deciso come avrebbe risolto l'incresciosa situazione.

Chiese così al re Augia la decima parte dei suoi armenti in cambio della pulizia delle stalle che, secondo gli ordini del sovrano, doveva essere portata a conclusione in un solo giorno. Convinto che non fosse possibile ripulire tutto in un giorno, Augia promise il compenso.

Senza perdere tempo prezioso, Eracle chiese al figlio di Augia, Fileo, di assistere a quanto stava per fare, così da poter in seguito avere un testimonio credibile.

Il giovane eroe praticò nei muri delle stalle due ampie spaccature, quindi procedette a deviare il corso dei due fiumi Alfeo e Peneo che scorrevano nelle vicinanze e, attraverso le crepe, fece irrompere con tutta la sua violenza l'acqua dei due fiumi nelle stalle. La sporcizia venne rapidamente trascinata lontano, riversandosi nella campagna circostante che ne fu concimata.

Gli enormi recinti brillarono come mai prima d'ora.

L'eroe si presentò allora al cospetto del re per ricevere la sua ricompensa. Tuttavia, con la scusa che egli era stato obbligato da Euristeo a questa incombenza, Augia gliela negò.

Tornato dal cugino, neanche lui volle riconoscere la validità del lavoro fatto.

Eracle non si sarebbe certo dimenticato di tale affronto e promise vendetta.

6. Gli uccelli di Stinfalo

Nel mezzo di una foresta melmosa e intricata si trovava uno stagno chiamato Stinfalo, in Arcadia, infestato da mostruosi uccelli che si nutrivano di carne umana. Figli del dio Ares, questi avevano ali, artigli e becchi di bronzo e penne, pure di bronzo, che usavano come frecce per uccidere i loro nemici.

Nessuno aveva mai avuto il coraggio di cacciarli, fino ad Eracle che, come quinta fatica, venne mandato da Euristeo proprio a sconfiggerli.

Grazie all'aiuto della dea Atena, la quale gli consegnò alcuni sonagli di bronzo, opera del grande artefice degli dei Efesto, grazie il rumore dei quali egli riuscì a spaventare gli uccelli e farli uscire dai loro rifugi, così da colpirli e ucciderli con le sue frecce.

Fu così che quello stagno, fino a quel momento inospitale, divenne così abitabile.

7. Il toro di Creta

Minosse, re dell'isola di Creta, dovendo fare un sacrificio a Poseidone, aveva pregato il dio di far uscire dal mare un animale per un dono all'altezza del dio. Poseidone esaudì la sua richiesta e fece uscire dalle onde un possente toro nero, di una magnificenza unica, tanto che a Minosse dispiacque ucciderlo. Decise di tenere il toro per sé e sacrificò al suo posto un toro decisamente più gracile.

Irato, Poseidone decise di punire Minosse, così infuse nel maestoso toro una pazzia incontrollabile, trasformandolo in una vera e propria piaga per tutta l'isola.

Venuto a conoscenza di ciò, il re Euristeo ordinò ad Eracle di riportargli il toro vivo.

Dopo aver attraversato l'Egeo, l'eroe sbarcò a Creta, quindi si mise in una posizione ideale per tendere un agguato al toro. Quando l'animale comparve, il giovane lo prese per le corna e se lo caricò sulle spalle, quindi, attraversando il mare a nuoto, facendo una fatica molto maggiore rispetto a quella per catturarlo, lo consegnò ad Euristeo.

8. Le cavalle di Diomede

Diomede, figlio del dio Ares, era re del popolo tracio dei Bistoni. Egli era un sovrano crudele e spietato. Possedeva delle cavalle che mandavano fuoco dalle narici, alle quali dava in pasto i naufraghi che sciaguratamente si ritrovavano sulle coste della Tracia.

Eracle ricevette l'ordine di portargli quelle cavalle e far cessare quegli orribili delitti.

Riunendo una schiera di volontari, egli salpò con loro per la Tracia.

Dopo aver ucciso o messo in fuga i suoi numerosi servi, catturò Diomede e lo diede in pasto alle sue stesse cavalle, così come lui aveva fatto per lungo tempo con i poveri forestieri. Quando ebbero divorato il loro padrone, le cavalle vennero caricate sulla nave ed Eracle le portò ad Euristeo che, come di consueto, le rimise in libertà.

9. Il cinto di Ippolita

La figlia di Euristeo, Admeta, era venuta a conoscenza del fatto che Ippolita, regina delle Amazzoni, aveva avuto in dono dal dio Ares un incantevole cinto d'oro e desiderò a sua volta possederlo. Nonostante fosse consapevole che il desiderio della figlia non poteva essere esaudito, il re Euristeo ordinò comunque al suo eroe di cercarlo e di portare la cintura di Ippolita a Micene.

Eracle si imbarcò, con un gruppo di compagni, al fine di recarsi nel luogo in cui abitava il feroce popolo guerriero delle Amazzoni, nella regione del fiume Termodonte, sulle coste del Ponto Eusino, sul mar Nero.

Le Amazzoni facevano parte di un popolo di donne guerriere, le quali non esitavano ad uccidere senza alcuna pietà gli uomini che osavano anche solo avvicinarsi al loro regno. Ugualmente la loro regina, Ippolita, era costantemente sorvegliata, giorno e notte, dalle donne guerriere.

Durante il viaggio, Eracle e i suoi amici vissero numerose e inaspettate avventure. Dapprima approdati all'isola di Paro, dovettero sostenere, contro i figli di Minosse, una feroce battaglia.

Si cimentarono successivamente in una seconda guerra contro i Bebrici e infine arrivarono nel porto di Themiskyra, capitale del regno delle Amazzoni.

Contro ogni più rosea previsione, furono ben accolti dalla regina Ippolita che, quando venne a conoscenza del motivo del loro viaggio, si mostrò addirittura disposta a consegnare ad Eracle il cinto.

Durante la notte, tuttavia, si intromise ancora una volta la regina degli dei Era che, cercando nuovamente di ostacolare il successo dell'eroe, assunse l'aspetto di un'Amazzone e sparse la voce che gli stranieri volevano rapire la regina.

Eracle, dopo aver lottato a lungo contro le amazzoni, fu costretto ad uccidere Ippolita e, dopo averla spogliata del cinto d'oro, ripartì con i suoi compagni.

Durante il viaggio di ritorno il gruppetto approdò a Troia, dove Laomedonte, figlio di Ilo e di Euridice, ne era il re. Gli dei Apollo e Posidone lo avevano servito per un anno come pastori, a causa di una punizione inflitta loro da Zeus, e avevano costruito per lui le mura della città.

A lavoro compiuto, Laomedonte si era tuttavia rifiutato di pagare il compenso concordato, arrivando addirittura a minacciare le due divinità. A quel punto, l'irritato Posidone aveva inviato un mostro marino a divorare tutti gli abitanti del luogo.

Un oracolo profetizzò al disperato sovrano che la calamità sarebbe terminata nel momento in cui egli avesse offerto in pasto alla bestia la figlia Esione.

Non riuscendo a trovare altre soluzioni, Esione venne così incatenata alla roccia nei pressi della spiaggia. Ella ebbe salva la vita proprio grazie all'arrivo di Eracle che, quando la vide, uccise la bestia e liberò la fanciulla.

Laomedonte, che aveva promesso i cavalli avuti in dono da Zeus a chiunque fosse riuscito a salvare la figlia, non mantenne la parola data.

Eracle ripartì, ma, così come era avvenuto con le stalle di Augia e il mancato compenso, non scordò il conto sospeso e promise vendetta.

Giungendo infine nell'Argolide, l'eroe poté finalmente consegnare ad Admeta il tanto agognato cinto.

10. I buoi di Gerione

Gerione, figlio di Crisaore e dell'oceanina Calliroe, nonché discendente di Medusa, era un gigante di enormi dimensiono, il cui corpo, dalla vita in su, era formato da tre corpi distinti, con sei braccia, tre teste ed enormi ali possenti.

Egli risiedeva nell'isola Eritrea e, tra le tante ricchezze, possedeva magnifici buoi dal pelo rosso, custoditi dal pastore Eurizione, a sua volta gigante, e dal cane a due teste Ortos, figlio di Echidna, sorella di Gerione.

Euristeo ordinò ad Eracle di portargli proprio quei purpurei buoi.

Anche questo viaggio verso l'estremo occidente per raggiungere l'Eritrea, fu cosparso di numerose ed inaspettate avventure. Per giungere alla meta, infatti, era necessario attraversare diversi paesi, mari e città, dalla Tracia, all'Asia Minore, fino alle coste dell'Africa settentrionale. Ogni approdo diede origine a miti nuovi che resero sempre più popolare il giovane eroe, che iniziò ad essere venerato e a cui furono dedicati diversi culti.

Nei pressi dell'Africa meridionale, Eracle incontrò il gigante e fortissimo Anteo, figlio di Poseidone e Gea, dal carattere violento e prepotente, il quale costringeva tutti coloro che attraversavano la sua terra a combattere contro di lui. Dopo averli sconfitti, li uccideva senza alcuna pietà.

L'eroe, consapevole del fatto che la forza del gigante veniva meno nel momento in cui i suoi piedi non toccavano più terra, lo sollevò dal terreno prima di strozzarlo.

Riprendendo il cammino, Eracle giunse così nel luogo che divide l'Africa e l'Europa e li innalzò due colonne su ogni continente. Approdato infine all'isola Eitrea, grazie allo straordinario aiuto del dio del sole, che gli mise a disposizione la sua navicella d'oro per attraversare il fiume Oceano, l'eroe abbatté i custodi dei buoi, ammazzò Gerione, trucidandolo con le sue frecce avvelenate e riattraversò il grande fiume.

Ammassò i buoi nella coppa dorata e iniziò il viaggio di ritorno.

In questo frangente tornò nuovamente Era, la regina degli dei, e le sue costanti persecuzioni.

Sulle rive della Tracia ella mandò contro di loro un tafano che punse e infuriò parecchi di quei buoi dal pelo fulvo. Impazziti, essi fuggirono e si dispersero sulle montagne.

Eracle cercò di inseguirli, ma, non riuscendo a ritrovarli tutti, si presentò infine a Euristeo con quelli che era riuscito a recuperare, convinto di aver finalmente terminato il suo lavoro.

Erano passati otto anni ed il patto con il sovrano contemplava inizialmente dieci fatiche, tuttavia Euristeo gliene impose altre due, non ritenendo valida la seconda, ovvero l'uccisione dell'Idra di Lerna, in quanto ottenuta con l'aiuto del nipote Iolao, e la quinta, cioè la pulizia delle stalle di Augia, perché fatta, a suo dire, a scopo di lucro.

11. I pomi d'oro delle Esperidi

Sacrificati i superstiti buoi di Gerione alla dea Era, Euristeo costrinse Eracle a compiere un altro lungo viaggio, con il fine di trovare il giardino delle Esperidi e farsi dare i loro bellissimi pomi d'oro.

Le Esperidi, figlie di Atlanti e di Espero, erano le ninfe del tramonto e avevano il compito di proteggere un incantato giardino, in cui la primavera regnava sovrana. Il gioiello del giardino risiedeva proprio in un albero molto particolare, regalato da Gea, madre terra, ad Era nel giorno delle sue nozze con Zeus, carico di frutti dorati.

Eracle non sapeva esattamente in che località si trovasse il giardino incantato, così partì senza una meta precisa, vagando in lungo e in largo. Dopo un lungo e infruttuoso pellegrinare, l'eroe si fermò a riposarsi sulle rive dell'Eridano, nell'Illiria, dove apparve una ninfa che gli chiese il motivo di tanta stanchezza. Quando Eracle le ebbe spiegato la sua missione, ella gli consigliò di rivolgersi a Nereo, il vecchio dio marino, figlio di Ponto e di Gea, nonché padre delle Nereidi.

Quando lo vide comparire, il dio Nereo, in grado di assumere qualsiasi forma desiderasse, cercò inizialmente di spaventare Eracle, così da sfuggire alle sue pressanti richieste. Tuttavia, dopo le innumerevoli creature e mostri che aveva avuto modo di incontrare, le figure assunte dal dio marino non sortirono alcun effetto nell'animo dell'eroe, che non si mosse, attendendo pazientemente la fine delle mutazioni.

Nereo, avendo avuto dimostrazione del coraggio di Eracle, si risolse a dargli le informazioni richieste, confidandogli che il giardino delle Esperidi si trovava in Mauritania.

L'eroe, dunque, cambiò rotta, dirigendosi a Sud, attraversò la Libia, l'Egitto e l'Etiopia.

Nel Caucaso, in Asia, Eracle incontrò Prometeo, ancora incatenato alla roccia per volere di Zeus. L'eroe si avvicinò e uccise l'aquila che gli divorava il fegato.

Prometeo, grato, gli insegnò i trucchi per impossessarsi dei pomi d'oro e il cammino per arrivarci. Seguendo le sue istruzioni Eracle trovò Atlante, nei pressi del suo giardino, con la volta celeste sulle spalle, rassegnato alla sua eterna sorte.

L'eroe chiese al gigante di poterlo sostituire in quella fatica, dando ad Atlante il tempo necessario per recuperare i pomi d'oro in sua vece.

Egli acconsentì, iniziando tuttavia a tramare un ingegnoso inganno.

Una volta recuperati i pomi d'oro dal Giardino delle Esperidi, Atlante ammise al giovane eroe che non se la sentiva di riprendere quell'incarico così gravoso e propose egli stesso di andare a consegnare i pomi al re Euristeo.

Eracle fece finta di acconsentire a tale suggerimento. Anche in questo caso si trattava di un tranello.

Come pretesto, l'eroe chiese ad Atlante di dargli solo un istante il cambio, così da risistemarsi.

Atlante, sottovalutando la scaltrezza del giovane, acconsentì di buon grado e riprese il proprio posto.

Non appena si fu liberato dal terribile peso, Eracle raccolse le preziose mele e fuggì.

Tornò nuovamente presso re Euristeo che, come di consueto, rifiutò il bottino.

Eracle donò i pomi alla dea Atena, la quale li riportò nel giardino delle Esperidi.

12. La cattura di Cerbero

Poiché nel mondo ormai c'era ben poco che Eracle non avesse esplorato, Euristeo decise di inviarlo per la sua missione conclusiva nel regno sotterraneo degli Inferi al fine di catturare Cerbero, il feroce cane a tre teste guardiano dell'Erebo, figlio di Tifone e di Echidna.

Eracle discese negli inferi per una voragine, scortato dal dio Hermes che volle aiutarlo.

Alla sua vista, le ombre iniziarono a fuggire spaventate, eccetto una che gli si parò dinanzi, iniziando a raccontargli le tragiche ragioni che l'avevano condotta alla sua morte.

Si trattava del giovane Meleagro, ucciso dalla sua stessa madre. Nel corso dei suoi racconti, egli rivelò ad Eracle anche l'esistenza di Deianira, sua giovane e bella sorella che l'eroe sarebbe stato destinato a sposare.

Lasciandosi l'ombra del giovane alle spalle, Eracle giunse infine dinanzi ad Ade, il dio del Regno dei morti, chiedendogli il permesso di condurre Cerbero sulla terra.

Ottenne il consenso a condizione che egli riuscisse ad eseguire la sua missione senza usare armi contro la bestia infernale. L'eroe ne uscì ancora una volta vittorioso, in quanto Cerbero aveva tre teste, ma una sola gola. Cogliendolo di sorpresa, egli riuscì a stringerlo tra le sue braccia possenti proprio per la strozza.

Morsicato più volte dal cane infernale che continuava a divincolarsi, Eracle lo portò a Euristeo, glielo fece vedere, quindi lo ricondusse sano e salvo nell'inferno.

Dopo le fatiche

Erano trascorsi ben dodici anni da quando Eracle aveva iniziato il suo servizio agli ordini di Euristeo, per espiare la sua terribile colpa nei confronti della famiglia perduta.

Finalmente l'eroe riconquistò la tanto agognata libertà.

Ritornato a Tebe, egli cedette la moglie Megara al nipote Iolao; quindi, recatosi alla corte di Eurito, principe di Ecalia, partecipò a una gara d'arco la cui posta era la bella figlia del re, Iole.

Vinse tutti i concorrenti, ma la mano della fanciulla gli fu negata a causa della morte che aveva inferto, tempo prima, ai suoi figli.

Furente, Eracle fece precipitare dalle mura di Tirinto il figlio maggiore di Eurito, Ifito, attirando contro di sé critiche e sdegno, essendo quest'ultimo suo amico.

Per la popolazione greca, infatti, uccidere un amico rappresentava la peggiore di tutte le colpe.

Per espiare il suo nuovo peccato, l'oracolo gli ordinò di farsi vendere come schiavo e di servire per tre anni il suo futuro padrone.

Eracle obbedì, riuscendo a domare la sua indole ribelle.

Tutto rimase tranquillo per lungo tempo, finché, un giorno, non gli tornò alla mente il conto sospeso con Laomedonte.

Con diciotto navi tornò a Troia, la conquistò, uccise Laomedonte e tutti i suoi figli, ad eccezione di Priamo e di Esione, che era nel frattempo divenuta la sposa di Telamone, re di Salamina.

Una volta regolata questa prima offesa, l'eroe volle quindi vendicarsi anche di Augìa, il quale gli aveva negato il compenso stabilito per la pulizia delle sue stalle.

Mandò all'attacco del nemico un esercito che, inaspettatamente, venne sbaragliato da Eurito e Cteato, i due gemelli, conosciuti anche come "Molionidi", figli del dio Posidone e di Molione. Dai loro corpi, uniti all'altezza della vita, si sprigionava una forza tale da metterli in grado di difendere da soli i territori di Augia, loro zio.

Furibondo, Eracle li uccise nel corso di un'imboscata, quindi trucidò Augia e tutti i suoi discendenti.

Trasferitosi successivamente a Pilo, uccise Neleo, colpevole di averlo respinto e allontanato da sé quando gli fu negata, da Eurito, la figlia Iole in sposa.

Dei dodici figli di Neleo, Eracle risparmiò solo Nestore che, in seguito, avrebbe regnato su Pilo e Pero.

Fatta giustizia, Eracle si concesse una tregua: si recò in Etolia, memore del consiglio dell'anima di Meleagro, chiese al re Eneo la mano della figlia Deianira e la ottenne.

Anche questa felicità fu però di breve durata.

Durante il viaggio di ritorno, infatti, il centauro Nesso tentò di violentare la bella Deianira e l'eroe lo colpì con una delle sue famose frecce avvelenate. Nesso, morente, regalò a Deianira la camicia intrisa dal suo sangue infetto, facendo credere alla giovane che si trattasse di un filtro d'amore in grado di conservare per sempre l'affetto del marito.

Tutto rimase tranquillo, finché l'eroe decise di eliminare Eurito, re di Pilo.

Ucciso il sovrano ed espugnata la città, fece prigioniera Iole, che gli era stata a suo tempo negata, conducendola con sé in servitù. Deianira si ingelosì alla vista della splendida schiava e, memore del dono del centauro, fece indossare al suo sposo la veste avvelenata.

Non appena Eracle l'ebbe indossata, la bile dell'Idra gli bruciò le carni, procurandogli sofferenze orribili e atroci. Quando cercò dolorante di strapparsi di dosso la camicia, con la camicia venne via anche la viva pelle ed egli rimase orribilmente scorticato.

Alla vista del marito in quelle condizioni, Deianira comprese l'inganno di Nasso e, sopraffatta dai sensi di colpa, si impiccò.

Eracle, avvertendo l'incombere della morte, ordinò a Illo, figlio suo e di Deianira, di sposare Iole, quindi si fece costruire un rogo sul monte Eta, vi salì e si diede fuoco.

Con le fiamme si alzò anche un fragore di fulmini e di tuoni, mentre Zeus, disceso in una nube, trasportava il figlio prediletto sull'Olimpo.

Gli dei accolsero l'eroe come uno di loro; perfino Era si ricredette e lo amò, concedendogli Ebe, la figlia preferita, in sposa.

Eracle venne infine proclamato immortale da tutti gli dei.

Dalla sua unione con Ebe nacquero Alexidres e Aniketos.

Minotauro e il Labirinto

Europa, figlia del re Fenicio Agenore e sorella di Cadmo, fu una delle numerose amanti di Zeus. Al fine di sedurla, il re degli dei aveva assunto le sembianze di un maestoso toro bianco, dalle corna perfette. Egli riuscì nell'intento di rapire la giovane Europa e, inoltratosi nel mare, raggiunse le coste dell'isola di Creta, Zeus riprese le sue vere sembianze.

Dalla giovane, Zeus ebbe tre figli: Minosse, Radamanto e Sarpedonte.

Anche Asterio, re di Cnosso, capitale dell'isola di Creta, si innamorò di Europa, tanto che volle accoglierla nella sua casa con i tre figli, che in seguito adottò.

Quando i rampolli raggiunsero la maggiore età, si scontrarono proprio a causa del trono. Fu il maggiore, Minosse, a conquistare il potere e succedere al padre adottivo.

Saggio e giusto, egli si preoccupò innanzitutto di compilare un codice legislativo, quindi prese in sposa Pasifae, figlia del dio Apollo.

In seguito alla morte del re Asterio, Minosse fece costruire un altare al dio Poseidone in riva al mare, volendo dimostrare il suo diritto alla successione al trono.

Da Pasifae ebbe molti figli ed ella gli fu fedele fino al giorno in cui, cadendo vittima di un tranello, perse completamente il controllo sui suoi sentimenti e sulle sue azioni. Questo avvenne dopo che Minosse mancò alla parola data, non sacrificando a Posidone un magnifico toro che il dio aveva fatto uscire appositamente dal mare.

Il dio del mare decise così di punirlo: rese il toro furioso e fece nascere in Pasifae un incontrollabile amore per il bellissimo animale. Frutto di questa insana passione fu l'orribile Minotauro, una creatura dal corpo umano e la testa di toro.

Il toro, domato e catturato da Eracle per ordine di Euristeo, fu allontanato da Creta, tuttavia Minosse, sentendosi responsabile per la sorte della povera moglie Pasifae, consultò l'oracolo e, seguendone le istruzioni, fece costruire un grande palazzo dove rinchiuse l'abominevole Minotauro.

Il cosiddetto "Labirinto" era un edificio con corridoi e stanze così intricati tra loro, da rendere impossibile trovare una via d'uscita.

Creatore dell'opera era stato Dedalo, discendente di Eretteo, re di Atene, fuggito dalla stessa Atene dopo aver ucciso uno dei suoi allievi che minacciava di superarlo in bravura.

A quel tempo, Androgeo, uno dei figli di Minosse, si era recato ad Atene per partecipare a delle gare, ma non aveva più fatto ritorno. Fu così che il padre addolorato, pensando che fosse caduto in un'imboscata, partì con una flotta, raggiunse l'Attica e assalì Atene e la città di Megara, ritenendo i cittadini di queste città responsabili della morte del figlio.

Niso, re di Megara, aveva in capo un capello d'oro che l'oracolo gli aveva raccomandato di custodire con molta attenzione, in quanto proprio da quel capello dipendeva la sua stessa vita.

La figlia di Niso, Scilla, tuttavia si innamorò di Minosse e, per aiutarlo a conquistare la città, strappò il capello d'oro del padre, causandone la morte. Minosse entrò così a Megara ma, indignato dal gesto di Scilla, decise di allontanarla. Dopo averla legata alla prua della sua nave, la lasciò annegare.

I cittadini di Atene invocarono allora l'aiuto di Zeus. In tutta risposta, il re degli dei devastò la città con una pestilenza e li costrinse ad accettare gli ordini di Minosse, suo figlio.

Tra le crudeli condizioni imposte, vi era un tributo annuo di sette fanciulle e sette giovinetti, destinati ai pasti del feroce Minotauro.

Teseo

Egeo, re di Atene, pur essendosi sposato due volte, non aveva mai avuto figli. La sua prima moglie fu Meta e la seconda Calciope.

Al fine di avere un erede, il sovrano consultò l'oracolo di Delfo, dal quale ricevette un messaggio piuttosto oscuro, che gli si chiarì solo in seguito, ovvero di tenere chiuso il suo otre di vino finché non avesse raggiunto il punto più alto della città di Atene, o un giorno ne sarebbe morto di dolore.

Tornando da Delfo verso Atene, il sovrano si era fermato presso la città di Trezene, dove re Pitteo, di cui era amico, lo aveva ospitato nella sua casa.

Qui si innamorò della figlia del re, Etra.

Così com'era avvenuto nella vicenda di Eracle, quella stessa notte ella giacque sia con Egeo sia con il dio del mare Poseidone.

Quando Egeo dovette ripartire, non potendo rimanere sempre a Terzene, nascose sotto a un masso i suoi sandali e la sua spada. Congedandosi da Etra, le raccomandò di non rivelare al bimbo che sarebbe nato il suo nome, ma di consegnargli i suoi sandali e la sua spada solo nel momento in cui il figlio avesse avuto la forza di rimuovere il macigno sotto al quale egli li aveva posti.

Frutto dell'amore tra una divinità e un mortale fu dunque Teseo che, a soli sedici anni, riuscì a sollevare il masso deposto dal padre.

Secondo volere della madre, Teseo si diresse ad Atene.

La strada che dovette percorrere, tuttavia, era infestata da personaggi loschi e numerosi briganti. Primo fra tutti, ad Epidauro, egli si imbatté in un gigante di nome Perifete, il quale assaliva i suoi avversari con una mazza di bronzo. Il giovane riuscì a sconfiggerlo e a rubargli la mazza, che divenne sua arma prediletta.

Incontrò poi un secondo gigante nei pressi di Corinto, Sini, che uccideva i poveri malcapitati curvando le cime di due pini limitrofi. Legava il braccio e la gamba destra a una cima e le estremità opposte all'altra, in modo che, lasciando andare le sommità, le vittime venivano squartate in due. Teseo riuscì a battere anche lui.

Successivamente, incontrò un altro gigante di nome Schirone, il quale costringeva i viaggiatori che attraversavano quelle lande ad inginocchiarsi sull'orlo di un burrone per lavargli i piedi, quindi le scaraventava in mare, dove venivano divorate da un enorme testuggine.

Infine, in prossimità degli Elusi, Teseo affrontò Procuste. Questo gigante invitava i viaggiatori nella sua casa, li spogliava di ogni bene, quindi li faceva sdraiare su un letto e, se erano troppo piccoli, li allungava a colpi di martello, mentre, se erano troppo alti, li accorciava segando loro le gambe e la testa. Sconfiggendolo, Teseo fece a Procuste quello che lui aveva fatto ai suoi visitatori.

Ripuliti i luoghi afflitti da quei discutibili soggetti, Teseo si recò ad Atene, alla corte del re.

Egeo aveva nel mentre convolato a nozze con la maga Medea, figlia di Eete, re della Colchide, fuggita da Iolco e approdata ad Atene, dopo aver commesso inganni e delitti senza fine. Ella approfittò dell'ascendente che aveva sul marito per governare dispoticamente sul regno.

Al suo arrivo, Teseo venne accolto con gioia dal re Egeo, che organizzò in suo onore un sontuoso banchetto.

Medea, tuttavia, conscia del pericolo che Teseo poteva rappresentare per lei e per i suoi piani, cercò subito di liberarsene, convincendo Egeo che il giovane era venuto ad Atene per ucciderlo e usurpare così il trono.

Il sovrano, accecato dall'amore, le credette, tanto che, durante il banchetto offerto in suo onore, offrì a Teseo una coppa avvelenata. Quando gliela porse, il giovane gli mostrò la spada trovata sotto il macigno. Non appena la vide, Egeo la riconobbe e comprese all'istante che quel giovane era proprio suo figlio. Lo abbracciò, impedendogli di bere il contenuto della coppa.

Avendo compreso solo in quel momento la malvagità di Medea, il sovrano decise di cacciarla da Atene. Ella tornò nel suo paese natale, a Colchide, portando con sé anche il figlio avuto da Egeo, di nome Medos.

Teseo fu messo dal padre a regnare sul suo popolo.

Teseo, Arianna e il Minotauro

Si avvicinava intanto il momento del temutissimo e annuale tributo dei giovani destinati ai pasti del Minotauro, così com'era stato stabilito da Minosse.

Teseo, ignaro di tutto, volle sapere nella sua interezza la vicenda del Minotauro.

Non sopportando l'idea che la sua città dovesse sottostare ad una richiesta tanto riprovevole, si offrì di unirsi a loro, confondendosi tra i giovani destinati all'orribile sacrificio, per aver modo, giungendo

a Creta, di porre termine a quell'inutile strazio.

I cittadini di Creta ne furono molto felici, tuttavia Egeo non riuscì a celare la sua preoccupazione: per quanto il figlio fosse coraggioso, ai suoi occhi era molto più probabile che il Minotauro lo divorasse. La nave che andava e tornava da Atene con il suo triste carico era ornata con vele nere in segno di lutto. Per consolare il padre, Teseo promise che, se avesse realizzato con successo i suoi propositi, quella nave, al ritorno, avrebbe issato vele bianche in segno di vittoria.

A Creta, tra i curiosi radunatisi sulla spiaggia per vedere le vittime, c'era anche Arianna, figlia di Minosse, la quale, non appena vide tra i sacrifici il bellissimo Teseo, se ne innamorò perdutamente. Quando venne a sapere che egli era venuto per uccidere il Minotauro, si impietosì per il suo triste destino e gli offrì il suo prezioso aiuto.

Il giovane eroe, a sua volta colpito dalla bellezza della giovane, accettò la sua offerta, promettendole che, se lo avesse aiutato ad uscire vivo da quell'impresa, l'avrebbe felicemente sposata e condotta ad Atene.

Arianna, per aiutare Teseo, consultò Dedalo, l'ingegnoso costruttore del palazzo, che, condividendo il desiderio di sopprimere il figlio di Pasifae, le consegnò un semplice gomitolo di filo e la istruì su come avrebbe dovuto comportarsi.

Per uscire dal labirinto, bisognava semplicemente ricordarsi di fissare un capo del gomitolo nei pressi dell'ingresso, svolgendo il filo man mano che si proseguiva verso l'intricato interno, fino all'incontro con il Minotauro. In questo modo la strada del ritorno sarebbe già stata segnata.

Arianna offrì a Teseo il gomitolo, con le apposite istruzioni.

Il giovane s'incamminò in compagnia degli altri sacrifici attraverso i lunghi e intricati corridoi del Labirinto, snodando passo dopo passo il filo, finché non si trovò di fronte al temibile Minotauro addormentato.

Senza dargli il tempo di rendersi conto di ciò che stava accadendo, lo uccise decapitandolo. Eliminato il mostro, seguì il filo a ritroso, ritrovando senza fatica la via d'uscita.

Recuperati i giovani destinati alla morte, e riunendosi con Arianna, Teseo si imbarcò e fuggì dall'isola per tornare ad Atene.

Dedalo ed Icaro

Minosse, accortosi troppo tardi dell'accaduto, non ebbe alcun dubbio sul fatto che Dedalo fosse il responsabile del tradimento, così fece rinchiudere sia lui che il suo giovane figlio Icaro nel Labirinto che lui stesso aveva progettato.

Dall'alto del suo ingegno, Dedalo fabbricò ali di penne, unendole con la cera, procedendo a fissarle sulla schiena di Icaro e sulla sua. Dopo aver raccomandato il figlio di restagli sempre vicino, entrambi si librarono in volo.

Icaro, tuttavia, esaltato dalla bellissima avventura, ignorando gli avvertimenti del padre, salì troppo in alto, tanto che il calore del sciolse la cera delle sue ali ed egli precipitò nel mare, affogando.

Dedalo, più prudente, riuscì ad atterrare illeso in Sicilia, dove venne accolto da re Cocalo.

Minosse, non dimentico del torto subito, una volta scoperta l'ingegnosa fuga, lo inseguì. Riuscì a ritrovarlo grazie alla promessa di un ingente premio per chiunque fosse riuscito a far passare un filo nelle volute di una conchiglia, un'opera che avrebbe richiesto un alto livello di laboriosità e un ingegno non indifferente.

Quando re Cocalo, in Sicilia, gli rese la conchiglia con un filo che la percorreva nella sua interezza, egli seppe di aver trovato la persona giusta. Infatti Dedalo, dopo aver legato un filo a una formica, aveva praticato un foro d'ingresso sul guscio della chiocciola, quindi aveva inserito al suo interno l'insetto.

Minosse, tuttavia, non riuscì ad ottenere che re Cocalo gli consegnasse Dedalo, ma, nel tentativo di vendicarsi, fu lui stesso a morire, in quanto Dedalo riuscì a convincere le figlie del sovrano, abbagliate dalla sua bravura, ad innaffiare con un getto di pece bollente il superbo monarca di Creta, mentre faceva il bagno.

Così morì Minosse, lontano dalla sua patria e dalla sua gente.

Fedra e Ippolito

Teseo, nel frattempo, giunto con la sua nave all'isola di Nasso, vi fece scalo.

In quel frangente, nessuno realmente seppe se per ingratitudine da parte del giovane o se fosse stata sottratta dal dio Dioniso per farla sua sposa, Arianna si smarrì. Teseo ripartì senza di lei, dimentico della promessa fatta al padre di issare sulla nave le vele bianche in segno di vittoria.

Vedendo la nave di ritorno, nera come il lutto, Egeo, credendolo morto, si uccise gettandosi da una rupe nel mare che da lui prese il nome di Egeo.

Divenuto re, Teseo dovette combattere contro i cinquanta figli di suo zio Pallante che a loro volta volevano impadronirsi del regno.

Quando li sconfisse, fece di Atene la capitale dell'Attica, promosse riforme giuste e sagge, fondò diversi culti religiosi e istituì numerose feste.

Salpò con il celeberrimo eroe Eracle, quando questi fu inviato da Euristeo contro le Amazzoni a prendere il cinto della regina Ippolita. In quell'occasione Teseo rapì Antiope, sorella di Ippolita, che Eracle aveva ucciso, la portò in patria con sé e la sposò.

Dal loro matrimonio nacque Ippolito.

Quando Ippolito crebbe, Teseo, infatuatosi della bella Fedra, altra figlia di Minosse, nonché sorella di Arianna, ripudiò la povera Antiope.

Fedra ne prese così il posto. Quest'ultima, tuttavia, attratta dal fascino del giovane Ippolito, suo figliastro, se ne innamorò.

Leale al padre, egli tuttavia la respinse. Ferita dall'oltraggio subito, Fedra decise di vendicarsi, accusandolo di fronte al padre, sostenendo che Ippolito aveva tentato di violentarla.

Teseo credette alla moglie e chiese al dio Poseidone di punire il figlio. Il dio del mare, mentre il giovane era alla guida di un cocchio, inviò contro di lui un toro furioso che spaventò i cavalli. Impazziti, gli equini galopparono confusamente lungo la spiaggia, finché il cocchio si capovolse e il povero innocente rimase impigliato nelle redini e morì travolto dalla furia dei cavalli.

Fedra, in preda al rimorso, dopo aver confessato il misfatto al marito, si uccise impiccandosi.

Teseo e Piritoo

Mentre Teseo stava cercando di superare il dolore causato dalla perdita del figlio e successivamente della moglie, Piritoo, re dei Lapiti e figlio di Issione, venuto a conoscenza delle mirabolanti sue grandiose imprese, decise di sfidarlo.

Con alcuni suoi compagni invase l'Attica, arrivando a rubare dei buoi che appartenevano al sovrano stesso. Per punirlo, Teseo si lanciò all'inseguimento di Piritoo. Tra i due si scatenò così un feroce duello, nel corso del quale entrambi diedero prova di grande abilità e coraggio, tanto che, spinti da crescente ammirazione, si tesero la mano in segno di amicizia.

Divenuto suo grande amico, Piritoo lo invitò alle sue nozze con Ippodamia, figlia del re di Argo, Adrasto. Durante il banchetto, Teseo ebbe nuovamente occasione di dar prova del proprio valore.

Presenti alle nozze erano molti altri eroi greci. Tra loro erano stati invitati anche numerosi Centauri, figli di Issione, che, ubriacatisi, iniziarono a molestare le giovani donne presenti, arrivando perfino a cercare di rapire la stessa sposa. Questo scatenò una furiosa battaglia, conosciuta come la "Lotta dei Lapiti e dei Centauri", in cui Teseo prestò all'amico un prezioso aiuto.

I Centauri furono rapidamente sconfitti.

Rafforzata in questo modo la sua amicizia con Piritoo, i due divennero inseparabili compagni di viaggio.

Nel corso di una delle tante avventure, Piritoo decise di scendere all'inferno al fine di rapire la regina Persefone, di cui si era invaghito. Il dio Ade, marito della bella fanciulla, in tutta risposta fece sedere Teseo su una pietra molto particolare: chiunque si fosse seduto su di essa, ne sarebbe rimasto inesorabilmente incollato. Un destino diverso venne riservato per Piritoo, venne incatenato nel Tartaro.

Liberato, dopo lungo tempo, da Eracle, che ogni tanto faceva una visita all'inferno, Teseo decise saggiamente di ritornare in patria.

Ad Atene, tuttavia, Teseo trovò il suo trono usurpato da Menesteo, uno dei figli di Egeo e di Medea, il quale lo scacciò bruscamente.

Si rifugiò a Sciro con Acamante e Demofonte, i due figli avuti da Fedra. Il re dell'Isola, Licomede, finse un'accoglienza benevola, ma, non appena ne ebbe l'occasione, lo condusse sulla vetta di un monte, dove lo fece precipitare in un burrone.

Questa fu la fine di Teseo, che venne seppellito a Sciro e dimenticato dal suo popolo.

124

Perseo

Quando Acrisio, re di Argo, apprese dall'Oracolo di Delfi che un nipote divino sarebbe stato causa della sua morte, nel disperato tentativo di scongiurare il suo fato, egli fece rinchiudere la figlia Danae in una torre dalle mura di bronzo. In quel luogo inospitale, l'unica fonte di luce proveniva da una sottile apertura nel soffitto, dalla quale era possibile scorgere un lembo di cielo.

Trascorsero molti anni, in cui Danae rimase rinchiusa in completa solitudine, finché Zeus, invaghitosi dalla sua bellezza, scese in terra sotto forma di pioggia e bagnò Danae, la quale diede alla luce un bambino di nome Perseo.

Venuto a conoscenza della straordinaria nascita del nipote, il re Acrisio non volle credere all'assurdo racconto della figlia, convinto che i suoi ordini fossero stati violati. Così, vinto da un cieco terrore e dall'ira, fece costruire una grande cassa di legno nella quale rinchiuse Danae e il piccolo Perseo, che vennero gettati in mare.

Per volere di Zeus, la cassa rimase a galla e approdò sulle rive della piccola isola di Serifo, dell'Egeo, dove in passato aveva stabilito la sua corte Magnete, uno dei figli di Eolo, e ora era governata da Polidette, suo figlio maggiore.

Ditti, fratello del re, fu colui che per primo si accorse dell'avvicinarsi della cassa e che la trasse a riva. Fu sempre lui che, ferendosi le mani, liberò i prigionieri, trovandosi dinanzi ad una bellissima donna e al suo bambino. Quando li portò a corte dal fratello, Polidette, colpito dal fascino di Danae, la accolse benevolmente.

Perseo venne allevato come un principe, crescendo sano e forte. Polidette, tuttavia, innamoratosi di Danae, la quale non voleva in alcun modo acconsentire alle nozze, arrivò ad odiare il giovane Perseo, a detta sua, causa e ostacolo del loro matrimonio.

La missione di Perseo

Quando Perseo raggiunse la maggiore età, Polidette escogitò un ingegnoso inganno con l'obiettivo di allontanarlo da Serifo. Durante un banchetto, incitò il giovane a dimostrare il suo valore in un'impresa disperata., ovvero portare al cospetto del sovrano la testa di Medusa, una delle tre Gorgoni, figlie del vecchio dio marino Forci.

Combatterle significava andare contro a morte certa.

Giovane e sempre alla ricerca di nuove avventure, emozionato all'idea di partire per vedere il mondo, Perseo si mostrò ben felice di cimentarsi in questa sfida.

Il giovincello si accorse solo in un secondo momento, a viaggio iniziato, delle numerose insidie che avrebbe dovuto affrontare. Fortunatamente, mentre stava ragionando su come portare a termine l'impossibile impresa, vennero in suo aiuto il dio Hermes e la dea Atena.

Da loro, Perseo venne a conoscenza che, per avvicinare le Gorgoni, era prima di tutto necessario affrontare le tre *Graie*, Pefredo, Eino e Deino, personificazioni dei vari stadi della vecchiaia. Queste avevano un solo occhio e un solo dente, comune a tutte, di cui si servivano a turno e trascorrevano la loro esistenza in attesa del loro turno per vedere o per mangiare. I loro corpi alati erano simili a quelli dei cigni e avevano facce di donne vecchie e raggrinzite.

Perseo si recò dunque da loro e, prima che avessero avuto il tempo di percepire la sua presenza, afferrò l'unico occhio e il dente che Pefredo stava porgendo a Eino. In cambio della loro restituzione, il giovane pretese di sapere il luogo in cui abitavano le Gorgoni, loro sorelle. Inizialmente, quando le Graie capirono che egli avrebbe ucciso una loro sorella, non vollero parlare, tuttavia, non potendo in alcun modo rinunciare all'occhio o al dente, furono costrette a rivelargli la via.

Medusa

Le Gorgoni erano creature mostruose, con il corpo ricoperto di squame di drago, denti simili a zanne di cinghiale, mani di bronzo e ali dorate. Solo una, Medusa, a differenza delle sorelle, era mortale, con una chioma di serpenti al posto dei capelli, i cui occhi di fuoco avevano il potere di tramutare chiunque incrociasse il suo sguardo in pietra. Medusa era più crudele e feroce delle sorelle, avida delle vite altrui.

Gea, la madre terra, non aveva certo dimenticato gli affanni di Medusa, un tempo bellissima, dal viso perfetto e armonioso e dai folti capelli scuri, sua fonte di orgoglio.

Conscia della disarmante bellezza della sua chioma, spesso Medusa era solita scioglierla in riva al mare, abbandonandola alle onde. Un giorno lo stesso dio Poseidone venne sopraffatto alla vista di quei meravigliosi capelli, tanto che condusse Medusa nel tempio della casta dea Atena, e la violò.

Atena, irata e oltraggiata, decise di vendicarsi, tramutando la splendida chioma in una criniera di serpi, così che nessuno sarebbe più riuscito a guardarla.

Da quel giorno, Medusa iniziò ad impietrire chiunque le passasse vicino e malauguratamente scopriva ciò che era diventata.

Perseo e Medusa

Seguendo le istruzioni delle tre Graie, Perseo giunse in un'arida pianura vastissima e sconosciuta. In quelle lande erano localizzate le Gorgadi, isole che appartenevano a Euriale, Steno e Medusa. Numerosi blocchi di pietra erano sparsi ovunque, ombre di uomini che, inconsapevoli, avevano osato sfidare la loro malaugurata sorte.

Perseo non ignorava certo i rischi a cui stava andando incontro, tuttavia, supportato dalla dea Atena, ancora irata per l'offesa subita da Poseidone, e armato della falce adamantina donatagli dal dio Hermes, si sentiva al sicuro.

Giunto nei pressi della caverna, il giovane ritrovò le Gorgoni profondamente addormentate e innocue. Avvicinatosi silenziosamente a Medusa, sferrò grazie alla sua falce un colpo mortale, decapitandola. L'orrendo capo della Gorgone rotolò lontano, mentre Steno e Euriale si risvegliavano con sguardi confusi.

Indossando prontamente l'elmo di Ade, evitando accuratamente di incrociare i loro sguardi, Perseo divenne invisibile.

Con la morte di Medusa si spezzò anche il maleficio che aveva mutato la bellezza della Gorgone in bruttezza. I figli, che ella aveva concepito ai tempi in cui il dio Poseidone l'aveva amata, nacquero dalla sua ferita: Crisaore e Pegaso, due puledri alati che si librarono leggiadri nel cielo.

Dopo aver estratto dal fianco destro e da quello sinistro della Gorgone ormai morta due fiale del suo prezioso sangue, Perseo, calzati i magici sandali alati di Hermes, se ne andò.

La dea Atena avrebbe in seguito regalato al grande medico Asclepio le due fiale.

Perseo e Atlante

Esperia era un regno collocato nella Mauritania: si trattava di un immenso giardino protetto da imponenti mura. Questo era Regno di Atlante, il figlio di Giapeto, condannato da Zeus a reggere per l'eternità la volta celeste sulle proprie spalle.

Nell'Esperia pascolavano numerose greggi che brucavano fili d'erba d'oro. Nel cuore del giardino vi era un melo sacro, che produceva frutti dorati, donato dalla Madre Terra alla dea Era nel giorno delle nozze.

Le tre figlie di Atlante e della ninfa Esperide, le giovani Esperidi: Egle, Aretusa e Ipertusa, erano solite trascorrere la maggior parte del loro tempo ai piedi dello splendido melo, mentre il drago Ladone, con le sue cento teste, controllava che nessuno si avvicinasse.

Atlante, perennemente in attesa del temuto ladro profetizzato da Temi, colui che gli avrebbe sottratto i preziosi frutti, diffidava di tutti. Proprio per questo motivo, quando Perseo, reduce dalle isole Gorgadi, giunse al calar della sera e gli chiese ospitalità, Atlante gliela negò. Nel tentativo di convincerlo, il giovane gli confidò allora di essere figlio di Zeus, una rivelazione che non fece altro che alimentare i già presenti timori di Atlante.

Perseo, offeso di fronte a tanta ostilità, scoprì l'orrendo capo di Medusa. In un attimo il gigante, con tutta la sua immensa mole, si pietrificò, assumendo le sembianze di un altissimo monte nell'atto di sorreggere la volta celeste.

Perseo e Andromeda

Lasciatosi alle spalle il giardino delle Esperidi, Perseo proseguì nel suo viaggio, raggiungendo velocemente l'Etiopia, in particolare il Regno dei Cefeni, grazie ai suoi sandali alati.

Cefalo era re dei Cefeni, figlio di Belo e fratello di Egitto, Danao e Fineo.

Quando Perseo giunse a lui, l'intero paese era minacciato da una dolorosa sciagura, dopo che Cassiopea, la sposa del re, si era vantata di superare in bellezza tutte le Nereidi del mare.

Ferite da quelle parole, le Nereidi avevano quindi chiesto al dio del mare, Poseidone, di vendicarle. In tutta risposta, egli aveva allora generato delle onde di smisurate dimensioni che inondarono le coste dell'Etiopia. Ritirandosi, le acque avevano rivelato un'ulteriore punizione: un enorme mostro marino, ostile e affamato, che da giorni minacciava la città dei Cefeni.

Dopo aver consultato un oracolo, il sovrano era venuto a conoscenza di ciò che avrebbe dovuto fare per placare la bestia e salvare il paese: sacrificare al mostro la sua unigenita, la bellissima Andromeda, la quale era stata promessa in sposa al fratello Fineo.

I due inizialmente non ebbero cuore di obbedire alle parole dell'oracolo. Tuttavia, non ebbero scelta quanto il popolo insorse e assaltò la reggia, facendo Andromeda prigioniera. Trascinandola a forza sulla spiaggia, gli stremati cittadini la incatenarono alla roccia, sotto gli sguardi impotenti di Fineo, Cefalo e Cassiopea.

Fu proprio in quel mentre che giunse Perseo che, dal cielo, aveva intravisto la fanciulla prossima a essere divorata dal mostro spaventoso.

Ammaliato dalla sua bellezza, egli decise di salvarla e farla sua sposa. Fece così un patto con Cefalo e assalì il mostro, uccidendolo con la felce di Hermes, sotto gli occhi attoniti della folla e della stessa Andromeda.

Perseo adagiò successivamente il capo di Medusa su un letto di alghe che, al contatto, divennero dure come pietre e assunsero forme diverse, dai vivaci colori. Le Nereidi rimasero molto stupite, e si affrettarono a raccoglierne quante più riuscivano, scordando il risentimento nei confronti di Cassiopea. Così nacquero i coralli.

Nella dimora di Cefalo si tenne un lauto banchetto per celebrare la liberazione del regno e le nozze dell'eroe con la figlia del re. In disaccordo, tuttavia, era Fineo, il fratello del sovrano, il quale riteneva che la giovane, ora libera, sebbene non per merito suo, dovesse mantenere l'impegno e diventare sua sposa.

Anche il popolo concordava con Fineo e riteneva che Cefalo, avendo promesso la figlia due volte, non fosse più degno di regnare. La folla fece così nuovamente irruzione nella reggia, sotto lo sguardo sdegnato di Cefalo.

Una freccia venne scoccata in direzione di Perseo, che lo mancò di poco. Ben presto il disaccordo sfociò in un violento scontro.

Perseo lottava solo contro tutti, poiché i suoi sostenitori erano ben pochi.

Per risolvere la situazione a suo favore, estrasse la testa recisa di Medusa, pietrificando Fineo e coloro che lo avevano contestato.

Tornata la calma nel regno, Perseo propose ad Andromeda di partire e tornare a Serifo dalla madre.

Ritorno ad Argo

A Serifo, Danae piangeva la perdita dell'adorato figlio Perseo, considerato morto. Ella, dopo molte insistenze, era stata costretta a sposare Polidette, il quale si dimostrò un tiranno spietato e crudele.

Quando vide tornare Perseo, la madre pianse a lungo lacrime di sollievo e di gioia, ascoltando orgogliosa il racconto delle sue imprese eroiche, quindi accolse soddisfatta la sposa che egli aveva scelto.

A differenza di Danae, Polidette non fu affatto felice di veder comparire Perseo. Finse gioia per il ritorno del giovane a cui aveva augurato la morte.

Non appena, tuttavia, il giovane manifestò la chiara intenzione di ripartire con Danae e Andromeda e lasciarsi per sempre alle spalle le terre di Serifo, il tiranno si oppose con ferocia. Dalla discussione nacque una vera e propria lotta che Perseo vinse, ancora una volta, grazie al capo di Medusa con il quale pietrificò istantaneamente i suoi avversari.

Il buon Ditti, colui che per primo aveva soccorso Perseo e sua madre sulla spiaggia e che, durante l'assenza dell'eroe, aveva cercato come meglio poteva di proteggere la madre dal crudele fratello, venne posto sul trono di Serifo.

Perseo, con la sposa e la madre, tornò finalmente ad Argo e al trono che gli spettava di diritto.

Giunto nella sua patria natia, anziché trovare sul trono suo nonno Acrisio, che al tempo aveva rinchiuso Danae in una torre, prima di condannarla con il figlio a morte certa, abbandonandola in mare, Perseo vi trovò suo zio Preto, che aveva spodestato il fratello.

Nel vedersi comparire d'innanzi il giovane eroe, Preto non riuscì a celare tutto il suo stupore, specialmente di fronte alla pretesa di riavere il trono. Perseo, di fronte all'ostilità mostrata dallo zio, estrasse ancora una volta la testa di Medusa e lo tramutò in statua, così come aveva fatto con Fineo e Polidette.

Nel mentre Acrisio, padre di Danae, fuggito da Argo nel momento in cui Preto si era impadronito del regno, si era rifugiato nella città di Larissa, in Tessaglia.

Non avendolo mai incontrato di persona, Perseo ignorava dove l'aspetto del nonno o dove si trovasse. Il fato volle che i due si incontrassero fortuitamente nel corso di alcune gare che si tenevano proprio nella città di Larissa.

Durante una delle competizioni, Perseo lanciò un disco che malauguratamente colpì ed uccise un uomo, uno straniero fuggito anni prima da Argo, dopo essere stato detronizzato dal fratello: si trattava proprio di Acrisio. Sopraffatto dai sensi di colpa, Perseo cedette il regno di Argo ad un discendente di Preto, in cambio egli ottenne il trono di Tirinto. Lì l'eroe riuscì a condurre una vita serena e felice accanto a Danae, ad Andromeda e ai suoi cinque figli: Perse, progenitore dei re di Persia; Alceo, Stenelo, Elettrione e Gorgofone.

Stirpe di Eolo

Ellen, capostipite degli Elleni, sposato con una ninfa di nome Orseide, ebbe tre figli: Eolo, Doro e Xutos.

Il più giovane, *Xotus*, si stabilì nell'Attica e fu progenitore della stirpe Eolica che si stabilì nel nord della Tessaglia e nella Beozia.

Doro, secondogenito, fu capostipite dei Dori, popolo di stirpe greca, seminomade che, venuto dal nord, attraversò tutta la penisola greca, spingendosi fino a Creta e sulle coste meridionali dell'Asia Minore.

Il primogenito, *Eolo* sposò la ninfa Enareta ed ebbe da lei cinque figlie: *Canace, Alcione, Pisidice, Perimede* e *Calice*; e sette figli: *Creteo, Sisifo, Atamante, Salmoneo, Deione, Magnete* e *Periere*.

Discendenza di Canace

Canace, primogenita di Eolo, ebbe cinque figli dal dio del mare Poseidone. Uno dei suoi figli, *Aloeo* sposò la ninfa Ifimedia ed ebbe due gemelli, *Oto* ed *Efialte*, conosciuti anche con l'appellativo "Aloadi", in realtà anch'essi figli di Poseidone.

Aloeo, nonostante fosse a conoscenza del tradimento da parte della moglie, li allevò come fossero figli suoi. Quando morì Ifimedia, egli si risposò con una donna di nome Triboia, la quale nutriva un profondo odio nei confronti dei gemelli.

Con lo scorrere degli anni, Oto ed Efialte crebbero a tal punto da raggiungere per statura i giganti. Con la loro altezza, accrebbe anche una folle superbia che li portò a credere che avrebbero potuto facilmente raggiungere l'Olimpo e sconfiggere lo stesso re degli dei.

Per portare a compimento il loro piano, incatenarono il dio Ares e lo rinchiusero per tredici mesi in un vaso di bronzo, in modo che non intralciasse i loro piani. Sovrapposero poi diverse montagne l'una sull'altra e vi salirono, decisi ad occupare l'Olimpo.

Fortunatamente accorsero gli dei Apollo e Diana che li uccisero con le loro frecce e liberarono Ares dalla prigionia. I due giganti vennero gettati nell'Ade, incatenati ad una colonna e costantemente tormentati da una civetta.

Discendenza di Alcione

Seconda figlia di Eolo, Alcione sposò *Ceice,* re di Trachine, figlio di Borea e nipote del Titanide Astreo.

Il fratello di Ceice, *Dedalione*, aveva una bellissima figlia di nome Chione che, amata nello stesso momento sia dal dio Hermes che dal dio Apollo, mise al mondo due gemelli. Il figlio di Hermes, *Autolico*, era scaltro e bugiardo come il padre, mentre il figlio di Apollo, *Filammone*, aveva ereditato l'amore per l'arte, per il bel canto e per la musica.

Amata successivamente da Poseidone, Chione ebbe *Eumolpo* che, stabilitosi a Eleusi, vi introdusse i culti alla dea Demetra.

Figlia di Autolico fu *Anticlea* che, andata sposa a *Laerte*, re dell'isola di Itaca, generò l'eroe greco *Ulisse*.

Ceice, marito di Alcione, morì annegato nel corso di una tempesta. Sconvolta dal dolore, la moglie ottenne che gli dei trasformassero sia lei che il suo adorato sposo in due uccelli marini conosciuti come "Alcioni".

Discendenza di Calice

Così come sua sorella Canace, anche Calice fu amata dal dio Poseidone.

Ella abbandonò il primo dei suoi due figli, *Cicno*, in riva al mare. L'infante venne raccolto dai pescatori e, come gli Aloadi, anche lui crebbe a dismisura, ma, a differenza dei gemelli, Cicno era anche immortale.

Il secondogenito di Calice fu *Endimione*. Allevato nella Caria, divenne pastore e cacciatore.

Una sera, quando Endimione, cullato dal belare sommesso delle sue pecore, si era disteso su di un prato, addormentandosi, aveva attratto lo sguardo della Luna, *Selene*. La straordinaria bellezza del giovane la conquistò, tanto che nelle notti successive Selene prolungò sempre più le sue soste accanto a lui, il quale, non riuscendo comprendere se il suo fosse solamente un sogno oppure realtà, invocò l'aiuto di Zeus.

Il re degli dei gli offrì due alternative: la vita o un sonno eterno, immune dallo scorrere del tempo e dalla vecchiaia. Endimione scelse la seconda opzione, così che la magia di un amore così meraviglioso non avesse mai fine.

Selene diede alla luce un figlio chiamato *Etolo* che colonizzò l'Etolia.

Figli di Etolo furono *Pleurone* e *Calidone*, che fondarono le omonime città dell'Etolia.

Calidone ebbe *Partaone* che divenne padre di *Eveno, Eneo* e *Testio*.

Discendenza di Periere

Sposatosi con *Gorgofone*, figlia di Perseo e Andromeda, Periere ebbe quattro figli: *Leucippo, Afareo, Icario* e *Tindareo*.

Leucippo fu padre di *Ilaria* e *Febe*. Afareo ebbe *Ida* e *Linceo*; mentre Icario fu padre di *Erigone* e di *Penelope*.

Ida, figlio di Afareo, si innamorò di *Marpessa*, figlia del dio fluviale Eveno, e la sposò.

Infatuatosi a sua volta della bella Marpessa, anche il dio Apollo la voleva per sé, tanto che Ida fu costretto a fuggire con lei su di un carro alato che Poseidone gli aveva donato.

Apollo si lanciò all'inseguimento e li raggiunse a Messene dove scaturì un furioso duello, finché non intervenne Zeus che separò i contendenti e lasciò Marpessa libera di scegliere.

Attirandosi l'odio del dio del sole, ella scelse il mortale Ida.

I due ebbero una figlia chiamata *Alcione*, la quale sarà madre di *Meleagro*.

Tindareo, figlio di Periere, era salito sul trono di Sparta, ma venne ben presto scacciato da *Ippocoonte*, un suo fratellastro, che lo obbligò a rifugiarsi alla corte di Testio, in Etolia. Lì sposò *Leda*, una delle figlie del re.

Quando Eracle uccise Ippocoonte, Tindareo poté finalmente tornare sul suo trono.

Della stupenda Leda si innamorò anche Zeus che, al fine di sedurla, assunse le sembianze di un cigno bianco. Conseguenza di questo amore illecito furono due uova: dall'una scaturirono i gemelli *Castore* e *Polluce*, detti i "Dioscuri"; dall'altra *Elena* e *Clitemnestra*.

Polluce ed Elena erano figli di Zeus, mentre Castore e Clitemnestra di Tindareo.

Melagro

Eneo, re di Calidone, a cui fu donata dal dio Dioniso la prima vite, sposò la nipote *Altea*, sorella di Leda, ed ebbe due figli: *Meleagro* e *Deianira*, tragica sposa di Eracle, colei che lo fece morire facendogli indossare la veste avvelenata di Nesso.

Quando la dea Artemide, molto risentita perché il re Eneo aveva scordato di offrirle sacrifici, decise di mandare un cinghiale di ingenti dimensioni e ferocia a devastare le sue terre nella Calidonia, il sovrano rivolse un appello a tutti gli eroi della Grecia affinché lo sterminassero, promettendo in premio al vincitore la pelle della fiera.

In molti aderirono all'invito, tra cui una giovane donna, cacciatrice d'Arcadia: *Atalanta*.

Il terribile cinghiale calidonio aveva già ucciso molti eroi. Fu proprio Atlanta a ferire per prima, con la sua freccia, il dorso dell'animale, suscitando invidia e scherno da parte dei presenti.

Meleagro, nonostante fosse sposato con Alcione, invaghitosi di Atalanta, la difese dall'ira dei contendenti al premio e diede il colpo di grazia al cinghiale. Lo scuoiò e ne regalò la pelle alla fanciulla invece che alla moglie.

Il malcontento non si fece attendere, specialmente da parte dei due zii di Meleagro, i fratelli di sua madre Altea, *Plesippo* e *Tocseo*. Queste divergenze diedero origine a una guerra tra le città di Pleurone e di Calidone.

Durante la prima infanzia di Melagro, a sua madre Altea erano apparse le *Moire*, dee del destino, le quali le avevano detto che la vita del suo bambino sarebbe cessata nel momento in cui si fosse consumato un tronco di legno che stava bruciando nel focolare. Spaventata, Altea aveva immediatamente tolto dal camino il grosso ceppo e lo aveva riposto al sicuro.

Nel corso della feroce battaglia che avvenne in seguito alla caccia al cinghiale, tuttavia, Meleagro, per difendere Atalanta da un agguato, uccise Plesippo e Tocseo, suoi zii. Altea, addolorata, gettò sul fuoco il pezzo di legno custodito per tanto tempo, uccidendo suo figlio. Realizzando solo in un secondo momento ciò che aveva fatto, la donna si tolse la vita, impiccandosi.

Alcione, giovane sposa di Meleagro, figlia di Ida e Marpessa, seguì il suo tragico esempio.

Eneo più tardi si risposò ed ebbe un altro figlio, Tideo, il quale si impegnò ad uccidere i cugini che cospiravano contro di lui.

Il figlio di Tideo, *Diomede*, diventerà uno dei più valorosi guerrieri della guerra di Troia.

Atlanta

Atalanta, figlia di Jasio, era stata abbandonata ancora in fasce dal padre che, desiderando un figlio maschio, si era mostrato molto contrariato e deluso dalla nascita di una femmina.

Nutrita da un'orsa con il suo latte, una volta cresciuta, era stata trovata da alcuni cacciatori che la avevano curata e addestrata a difendersi contro qualsiasi trappola.

Dopo il tragico epilogo della caccia al cinghiale, Atalanta si recò a Jolco, dove partecipò ai giochi funebri in onore di Pelia. Lì ebbe modo di misurarsi con Peleo. Ella riuscì a sconfiggerlo e proprio da lui apprese chi fosse suo padre e decise di raggiungerlo.

Jiasio, che non si era ancora rassegnato alla sua paternità, non appena la vide, impose alla figlia di trovarsi un marito. Atalanta accettò a una condizione: i pretendenti avrebbero dovuto misurarsi con lei in una gara di corsa, godendo addirittura di un notevole vantaggio alla partenza.

La giovane avrebbe acconsentito a sposare soltanto chi avesse vinto lo scontro, tuttavia, coloro che avrebbero perso, sarebbero stati uccisi dalla sua lancia.

Il padre accettò le sue condizioni.

Molti perirono per mano di Atlanta, finché un certo *Melanione* decise di ricorrere a un trucco. Durante la gara, egli lasciò cadere alcune mele d'oro avute in dono dalla dea Afrodite. Atalanta si chinò per raccoglierle, perse tempo, e venne così sconfitta. Ella accettò e di buon grado di sposare Melanione e con lui trascorse una vita molto felice.

Nel mentre, alla corte di Tindareo, re di Sparta, la giovanissima Elena, nata dall'uovo di Leda, fu rapita da Teseo, con l'aiuto dell'amico Piritoo.

Teseo la condusse da sua madre Etra, a Trezene nell'Argolide, e gliela affidò. I fratelli di Elena, *Castore* e *Polluce*, riuscirono a rintracciarla nel villaggio montano in cui era custodita e la riportarono a casa. Con lei portarono prigioniera prima a Sparta, poi ad Atene anche Etra, madre di Teseo, che divenne schiava della stessa Elena.

La spedizione degli Argonauti

Morto *Creteo*, figlio di Eolo, gli successe sul trono di Jolco il figlio *Esone*, che ben presto venne spodestato dal fratellastro *Pelia*.

Esone era riuscito a malapena a salvare il figlio *Giasone*, affidandolo alle cure del centauro *Chirone*.

Compiuti i vent'anni, Giasone decise di tornare a Jolco, pretendendo da Pelia la restituzione del trono.

Pelia, tuttavia, pretese che il giovane in cambio compisse un'impresa che l'oracolo gli aveva imposto, ma che egli non era più in grado di intraprendere a causa dell'età avanzata. Giasone avrebbe dovuto riportare a Jolco il vello d'oro dell'ariete che tempo prima aveva rapito *Frisso* ed *Elle*, figli di Atamante e della nube Nefele.

Argo, uno dei quattro figli che Frisso aveva avuto dalla sposa Calciope, figlia di Eeta, ritornato a Orcomeno, costruì per Giasone una possente nave. La stessa dea Atena controllò i lavori e inserì nella prua della barca un frammento di legno ricavato dal tronco di una magica quercia parlante.

La nave venne denominata Argo, così come il suo costruttore. I suoi remi erano manovrati da cinquanta eroi, per lo più membri della stirpe di Eolo, ma anche campioni provenienti da ogni terra greca, tra cui Eracle, Teseo e Ulisse.

Giasone ne assunse il comando, dando inizio alla *Spedizione degli Argonauti.*

Il gruppetto partì da Jolco e approdarò all'isola di Lemno, accolto con entusiasmo dalle donne del luogo che, avendo sterminato padri e mariti, furono ben liete di trattenere i navigatori.

Ripartiti, giunsero presso il popolo dei Dolioni, nella Misia, dove vennero accolti calorosamente. Allontanatisi, furono tuttavia costretti a farvi ritorno a notte fonda a causa di una violenta tempesta che impediva loro di proseguire. Non essendo stati riconosciuti a causa dell'oscurità, furono scambiati per pirati e assaliti. Nello scontro gli Argonauti uccisero per sbaglio il re dei Dolioni. Dispiaciuti, si incaricarono della sua sepoltura.

Fecero scalo nella Tracia, quindi liberarono *Fineo*, re di Salmidesso, dalle Arpie che lo tormentavano.

Per riconoscenza, il sovrano, nonché indovino, indicò al gruppo il modo di passare attraverso le Simpleiadi: due rupi all'ingresso del Ponto Eusino, che, sospinte dai venti, si urtavano e scostavano di continuo, chiudendo o lasciando libero il passaggio delle navi.

Seguendo le indicazioni di Fineo, gli Argonauti liberarono una colomba che passò tra le rocce e ne uscì con la coda mozzata. Attesero che le rupi si scostassero nuovamente e, con l'aiuto della dea Era, attraversarono lo stretto, lasciandovi tuttavia la poppa della nave.

Proseguendo, gli eroi fecero scalo vicino al paese delle Amazzoni, giunsero all'isola di Marte dove furono bersagliati da una pioggia di frecce scagliate dagli uccelli della palude Stinfalia, che Eracle aveva scacciato dall'Arcadia. Ritrovarono là i tre restanti figli di *Frisso*, superstiti da un naufragio, e con loro giunsero finalmente alle foci del fiume Faside, dove sorgeva la città di Eeta.

Eeta, re della Colchide, fratello della maga Circe e di Pasifae, aveva due figlie: *Calciope*, che era divenuta la sposa di Frisso e *Medea*, maga molto potente.

Il famoso *Vello d'Oro* dell'ariete che Frisso aveva sacrificato a Zeus, era stato donato dal piccolo figlio di Atamante a Eeta in segno di riconoscenza per l'ospitalità ricevuta. Ora era steso tra due alberi, in un boschetto sacro al dio Ares, custodito da un drago che non dormiva mai.

Eeta promise di lasciare il vello a Giasone se egli avesse aggiogato due tori dai piedi di bronzo e dall'alito di fuoco, che il dio Ade gli aveva fabbricato e regalato. Dopo averli aggiogati, egli doveva, con essi, arare un campo e seminarvi i denti di un drago.

Giasone accettò la sfida.

La dea Afrodite venne in suo soccorso, suscitando in *Medea*, figlia del re, una violenta passione per Giasone, tanto che gli assicurò il suo aiuto se lui prometteva di sposarla.

Quando acconsentì, la giovane diede al Capo degli Argonauti un unguento che lo difese dal fuoco dell'alito dei tori e gli infuse una straordinaria forza, necessaria per combattere contro gli uomini armati che stavano nascendo dai denti del drago. Seguendo le istruzioni della maga, Giasone gettò tra i guerrieri delle pietre che ebbero l'immediato effetto di farli litigare gli uni con gli altri e di uccidersi a vicenda.

Stupito e deluso, Eeta, malgrado il lavoro fosse stato portato a termine, rifiutò di consegnare a Giasone il Vello d'Oro.

Ancora una volta venne in loro aiuto Medea che, grazie a delle erbe speciali, addormentò il terribile drago che custodiva il prezioso manto. Giasone se ne impadronì e, raggiunta furtivamente la nave, salpò con Medea e *Absirto*, il fratellino che la maga aveva voluto portare con sé.

Quando Eeta si accorse della loro fuga si lanciò all'inseguimento. Per bloccare la sua avanzata, la crudele Medea uccise il piccolo Absirto gettando le sue membra in mare. Il padre, distrutto dal dolore, volle fermarsi per raccogliere i resti del povero figlioletto, perdendo molto tempo, tanto che rinunciò all'inseguimento.

Il legno parlante della prua della nave, avvertì i navigatori che Zeus, furente per l'uccisione del bambino, avrebbe mandato loro terribili castighi. Per questo motivo, giunti sul Tirreno, gli Argonauti decisero di fermarsi presso la maga Circe, per farsi purificare.

Quando la nave giunse nei pressi dell'isola di Creta, venne bersagliata da numerose pietre lanciate da *Talos,* un gigante di bronzo che custodiva l'isola. Egli aveva un'unica vena che dal collo giungeva alle caviglie ed era chiusa all'estremità da un chiodo di bronzo.

Medea, grazie ai suoi poteri, fece impazzire Talos, costringendolo a bere una bevanda drogata e, togliendogli il chiodo che chiudeva la sua unica vena, lo fece morire dissanguato.

La spedizione poté così proseguire.

Alla corte di *Alcinoo*, re dei Feaci, incontrarono l'esercito di Eeta che, partito dalla Colchide e giunto in Grecia, li stava cercando. Per liberarsi di loro e della pretesa di ricondurre Medea dal padre, Giasone sposò la maga e congedò gli uomini del re.

Gli Argonauti arrivarono infine a Jolco, dove il padre di Giasone, *Esone*, non sopportando più i maltrattamenti e le vessazioni di Pelia, si era ucciso.

Giasone, non riuscendo ad ottenere il trono che gli era stato promesso in cambio del Vello d'Oro, ricorse ai poteri di Medea. Ella confidò alle figlie di Pelia che avrebbe potuto ridonare la giovinezza al loro vecchissimo padre se le giovani lo avessero tagliato a pezzi e cucinato. Per dimostrare la veridicità delle sue parole, Medea applicò questo trattamento ad un montone che divenne prodigiosamente un tenero capretto.

Credendole ciecamente, le giovani principesse fecero quanto era stato loro chiesto. In questa occasione, tuttavia, Medea non intervenne, dopo la bollitura, con le indispensabili erbe della giovinezza e si consumò l'involontario omicidio.

Dopo il misfatto, Giasone e Medea ritennero più prudente lasciare Jolco. Sul trono salì *Acasto*, figlio di Pelia, che istituì in suo onore i solenni giochi funebri a cui aveva partecipato Atalanta, reduce dalla caccia al cinghiale Caledonio.

Giasone e Medea vissero felici a Corinto per un decennio, accolti dal re Creonte, finché Giasone, innamoratosi della figlia del re, la principessa *Glauce,* ripudiò Medea. La sua mente evidentemente ottenebrata dall'amore, sembrò dimenticarsi degli infiniti poteri della maga, la quale mandò a Glauce una veste avvelenata che fece morire con atroci sofferenze sia lei che suo padre, accorso per soccorrerla.

Dopo aver trucidato i due figli avuti da Giasone, Medea fuggì ad Atene su un carro trainato da due draghi alati che il dio Apollo, suo nonno, le aveva messo a disposizione.

Lì sposò il re Egeo, padre di Teseo, che ella aveva cercato di avvelenare. Scoperta, si recò, accompagnata dal figlio avuto da Egeo,

Medo, in una regione lontana dell'Asia che da lui prese il nome di Media.

Medea ritornò infine nella Colchide presso suo padre.

Giasone morì schiacciato dalla carena della nave Argo che egli aveva posto sull'istmo di Corinto come offerta votiva al dio Posidone.

La guerra di Troia

Premesse

La Pleiade Elettra, una delle figlie di Atlante, ebbe da Zeus due figli: *Jasione* e *Dardano*, dal quale prese il nome lo stretto dei Dardanelli.

Trasferitosi nell'isola di Samotracia, dove regnava Teucro, figlio del fiume Scamandro, Dardano

sposò *Arisbe*, la figlia del re, e fondò una città a cui diede il suo nome. Da lei ebbe una figlia chiamata *Astiope*, che a sua volta ebbe un figlio chiamato *Troo* che regnò sulla Troade. Troo a sua volta fu padre di *Ganimede, Assaraco* e *Ilo*.

Ganimede, il più bello dei mortali, fu rapito da un'aquila mandata da Zeus che, incantato dal suo aspetto, lo volle sull'Olimpo come coppiere degli dei. A Troo, in compenso, fu regalata una coppia di cavalli divini.

Il figlio di Assaraco, *Capi*, fu il padre di *Anchise:* da lui e dalla dea Afrodite nacque, sul monte Ida l'eroe *ENEA*, principe dei Dardani.

Ilo, ultimogenito di Troo, si recò nella Frigia per partecipare a una gara atletica. Quando la vinse, ricevette in premio una mucca pezzata che, secondo l'oracolo, egli avrebbe dovuto seguire per fondare una città là dove essa si fosse fermata.

Sorse così Ilio, la futura Troia.

Fondata la città, Ilo chiese un segno agli dei, per sapere se erano soddisfatti. Il segno giunse sotto forma di un "Palladio", una statuetta di legno che rappresentava la divinità protettrice di un certo luogo, caduto dal cielo dinanzi alla sua tenda. Il primo Palladio era stato intagliato in un tronco d'albero dalla dea Atena che, desolata per la morte di una sua compagna molto amata, chiamata Pallade, ne aveva riprodotto le forme.

Figlio di Ilo e di Euridice fu *Laomedonte*, sotto il cui regno sorsero le inespugnabili mura di Troia innalzate dal dio del mare Poseidone e dal dio del sole Apollo.

Bugiardo e infido, Laomedonte fu ucciso da Eracle, così come tutti i suoi figli, eccetto *Priamo*, perché la sorella Esione, sposa di Telamone, aveva interceduto per lui.

Priamo, ovvero "Il riscattato", divenne così re di Troia e sposò *Ecuba* da cui ebbe diciannove figli.

Il primogenito, il guerriero *ETTORE*, sposò *Andromaca*, dalla quale ebbe il piccolo *Astianatte*.

La più giovane figlia di Priamo, *Cassandra*, bellissima e sfortunata, aveva ricevuto da Apollo il dono della profezia. Tuttavia, dopo averlo rifiutato, il dio del sole si vendicò, facendo in modo che nessuno credesse mai alle profezie della giovane.

Il gemello di Cassandra, *Eleno*, era anch'egli un indovino.

Troilo, Deifobo, Polidoro, Polissena e gli altri vissero tutti alla corte del padre. L'unica eccezione fu *PARIDE*, il secondo nato, abbandonato dopo che il re aveva sognato che quel figlio avrebbe causato un terribile incendio nel quale sarebbe perita tutta la città.

Il piccolo Paride venne trovato da un pastore che lo portò sul monte Ida e lo allevò amorosamente. Egli crebbe bello e vigoroso.

La sua vita trascorse tranquilla, finché, un malaugurato giorno, egli venne eletto arbitro di una disputa sorta fra la regina degli dei, Era; la dea dell'amore Afrodite e Atena, la dea dell'intelligenza, per decidere chi tra loro fosse la più bella.

All'origine di questa gara vi era il risentimento di Eris, dea della discordia, per non essere stata invitata alle nozze di Teti e di Peleo.

Furibonda, ella aveva gettato in mezzo alla sala del banchetto una mela d'oro con incisa la celeberrima scritta: "Per la più bella".

Così come Eris aveva previsto, da quel gesto nacque un terribile litigio fra le tre dee, poiché ciascuna di loro riteneva di essere la più bella degna del pomo.

Zeus, al fine di ristabilire la pace, ordinò loro di rimettersi al giudizio di un mortale. Il dio Hermes le condusse sul monte Ida al cospetto di Paride, che cercò inizialmente di rifiutare l'incarico. Per convincerlo a compiere una scelta, Era gli offrì il dominio sull'Asia; Atena, la vittoria in ogni guerra; Afrodite il possesso della donna più bella fra tutte le mortali.

Non potendo rifiutare a tale prospettiva, Paride consegnò ad Afrodite la mela d'oro.

Più tardi il giovane sposò la ninfa *Enone*, figlia del fiume Cebron. Quindi, scoperta la sua vera identità, decise di tornare a Troia da suo padre, che lo accolse benevolo tra le mura.

Dopo qualche tempo, Paride venne scelto quale ambasciatore a Sparta, con l'incarico di chiedere notizie di *Esione*, sorella del re Priamo e sposa di Telamone, di cui non si sapeva più nulla.

Verso la guerra

Giunto a Sparta, Paride venne accolto cordialmente dal re *Menelao*. Quando vide Elena, la bellissima moglie del sovrano, il giovane se ne innamorò perdutamente. Così, memore della promessa fatta da Afrodite, ovvero di avere in sposa la donna più bella del mondo, egli invocò la dea, la quale creò un filtro magico, versandolo nella tazza della bella Elena. La regina più beveva e più si dimenticava del marito, innamorandosi a sua volta di Paride.

Approfittando di una momentanea assenza del sovrano, Paride ed Elena si imbarcarono e fuggirono a Troia. Sulla nave vennero caricati i bauli e i gioielli della regina, e con loro partì *Etra*, sua schiava.

Tornato a Sparta e scoperto il tradimento, Menelao impose a Paride di rendergli la moglie. Il giovane rifiutò, così che il re di Sparta ordinò una mobilitazione generale.

Questa fu la causa scatenante della guerra di Troia.

Nel porto di Aulide, in Beozia, si raccolsero circa centomila uomini e milleduecento navi.

Fu offerto un sacrificio al dio Apollo: da sotto l'altare comparve un serpente che salì su di un platano vicino e divorò un nido con nove passeri al suo interno. Il rettile si tramutò quindi in pietra. Gli indovini interpretarono tale avvenimento come un presagio di sventura: dieci anni di guerra.

Capo della spedizione fu eletto *AGAMENNONE* che, dopo il suo matrimonio con *Clitemnestra*, aveva cacciato da Micene l'usurpatore Egisto, divenendo il re più potente di tutta la Grecia.

La flotta partì una prima volta, ma sbagliò rotta e una violenta tempesta la disperse costringendo le diverse navi a tornare nel porto di partenza. Trascorsero otto lunghi anni prima che vennero ultimati i nuovi preparativi.

Per la missione, come guida dei Greci vi era *Telefo*, figlio di Eracle, il quale non era riuscito a guarire da una ferita infertagli da *ACHILLE* nel corso della prima partenza. La lancia che Chirone aveva regalato a Peleo il giorno delle sue nozze, retaggio ora di Achille, provocava infatti lesioni che non risanavano se non curate da colui che le aveva inferte.

Telefo aveva supplicato Achille di guarirlo, promettendo che avrebbe condotto i greci a Troia. Acconsentendo allo scambio, Achille raschiò la ruggine dalla punta della sua lancia e la sparse sulla ferita del compagno, che si rimarginò.

Una bonaccia tenne a lungo ferma la flotta nel porto, finché l'indovino *Calcante* spiegò loro il motivo: la dea Artemide era adirata a causa di Agamennone che si era vantato di saper tirare d'arco meglio di lei. L'indovino disse che era necessario sacrificare all'offesa dea la figlia del re, Ifigenia. Ulisse venne incaricato di andare a prendere la fanciulla.

Per giustificare la sua partenza, egli disse a *Clitemnestra*, sua madre, che avrebbe condotto Ifigenia ad Achille, a cui era stata promessa in sposa.

Nel momento del sacrificio, tuttavia, la dea Artemide sostituì Ifigenia con una cerva e trasportò la giovane in Tauride, facendola diventare sua sacerdotessa.

Le navi poterono così riprendere il mare e, dopo molte traversie, giunsero in vista di Troia, dove si fermarono.

Mandarono a riva una scialuppa con un gruppo di uomini capeggiati da Ulisse e Menelao che offrivano per l'ultima volta pace, in cambio di Elena e dei suoi beni.

In seguito ad un ennesimo rifiuto, la guerra ebbe ufficialmente inizio.

L'assedio a Troia durò nove lunghi anni. Nel corso del decimo, i Troiani ricevettero rinforzi dalle circostanti regioni dell'Asia. Anche *Enea, Sarpedonte* e *Glauco* offrirono a Priamo il loro aiuto.

Nel mentre, nell'accampamento dei Greci l'ira dell'eroe Achille aveva bloccato le operazioni.

Durante la sua giovinezza, Achille, figlio di *Peleo* e *Teti*, rinomato per il suo valore e la sua forza senza eguali, era stato posto di fronte ad una scelta: una vita lunga e tranquilla o una breve e piena di gloria. Egli scelse quest'ultima.

Nonostante la sua decisione, una volta scoppiata la guerra, egli preferì camuffarsi, al fine di non parteciparvi, indossando abiti femminili, nascondendosi a Sciro, tra le figlie del re Licomede. Da una di queste, *Deidamia*, ebbe un figlio di nome *Neottolemo*.

Smascherato da Ulisse che, in principio, aveva cercato a sua volta di non essere coinvolto, fu costretto a partire.

Le gesta di Achille

In quel tempo, *Criseide*, figlia di Crise, sacerdote del tempio del dio Apollo in una vicina città della Troade, venne fatta prigioniera dagli Achei e data ad Agamennone come schiava. Crise chiese di riscattare la figlia, ma venne brutalmente scacciata dal sovrano.

Adirato da tale comportamento, Apollo inviò nel campo una terribile pestilenza. Per farla cessare il re di Micene fu costretto a restituire la fanciulla, tuttavia pretese che gli fosse data in cambio la schiava di Achille, *Briseide*, di cui l'eroe era innamorato.

Di tutta risposta, Achille si ritirò nella sua tenda e non volle più combattere.

Approfittando di quella situazione, i troiani ebbero il sopravvento.

Sconfitti, i Greci implorarono Achille affinché tornasse a combattere. Egli in tutta risposta mandò in vece sua il carissimo amico *Patroclo*, il quale era vissuto e cresciuto nella sua casa, e lo aveva seguito a Troia. *Ettore*, figlio di Priamo, dopo aver assalito il campo greco ed appiccato il fuoco alle navi nemiche, uccise Patroclo.

Accecato dal dolore e dalla rabbia, Achille si decise finalmente ad uscire dalla sua tenda, compiendo una strage senza precedenti. Affrontò Ettore in un duello all'ultimo sangue. Quando Achille lo sconfisse, trafiggendolo, trascinò il cadavere del nemico per tre volte intorno al sepolcro di Patroclo, finché, impietosito dalle lacrime di Priamo, lo restituì al padre che lo arse sul rogo e lo seppellì con tutti gli onori dovuti a un principe e a un eroe.

Fu Paride infine che riuscì a vendicare il fratello e a colpire il fortissimo Achille con una freccia che giunse nell'unica parte vulnerabile del suo corpo.

Ancora in fasce, per renderlo invulnerabile, la madre, la Nereide Teti, aveva bagnato Achille nel fiume Stige, le cui acque rendevano la pelle mortale più dura dell'acciaio. Nell'immergerlo, tuttavia, la dea aveva tenuto il figlio per il tallone e questa parte del piede non aveva ottenuto l'invulnerabilità.

Fu così che cadde l'eroe più forte di tutti i tempi, nei pressi della porta Scea.

Aiace, figlio di Telamone, e *Ulisse* riuscirono a recuperare il corpo di Achille, così da potergli dare una degna sepoltura, scontrandosi successivamente per il possesso delle sue armi, promesse da Teti al più valoroso dei Greci. Ulisse ebbe la meglio, causando la perdita del senno di Aiace, che si suicidò.

Poco dopo l'uccisione di Achille, anche Paride venne colpito da una delle frecce avvelenate di Eracle, scagliatagli dall'arciere *Filottete*. Ferito, Paride riuscì a raggiungere il monte Ida, dove Enone, la sua prima moglie si prese cura di lui.

La ferita si rivelò tuttavia incurabile ed egli morì.

Il Cavallo di Troia e l'epilogo del conflitto

Sul campo rimase solo *Ulisse* che escogitò il celebre espediente che concluse la lunga guerra e volse la vittoria a favore dei Greci. Venne infatti fabbricato, con la supervisione della dea Atena, un enorme cavallo di legno, in grado di contenere cinquanta guerrieri in armi.

Completata l'opera, i Greci lo collocarono dinanzi alle mura di Troia e finsero di andarsene, abbandonando il campo e prendendo il mare.

I Troiani s'incuriosirono alla vista del misterioso dono lasciato loro dagli Achei.

Laocoonte, sacerdote di Apollo, ammonì i suoi concittadini a non fidarsi di quella strana macchina e di tenersene alla larga. Rapida, la dea Atena fece venire dal mare due grossi serpenti che si avvinghiarono al collo di Laocoonte e a quello dei suoi figli, strangolandoli.

Ignari del pericolo, i Troiani trascinarono il grande cavallo di legno all'interno delle mura.

Quella stessa notte ne uscirono i guerrieri armati che appiccarono il fuoco alla città, mentre la flotta Greca tornava indietro, saccheggiando e distruggendo tutto quello che rimaneva.

La presa di Troia si risolse così in un violento massacro.

Priamo ed Ecuba vennero uccisi da Neottolomo, figlio di Achille, che Ulisse aveva fatto venire a Troia dopo la morte del padre. Coraggioso, ma spietato, egli uccise Polissena, figlia di Priamo, sulla tomba di Achille per placarne l'ombra. Scovato il piccolo Astianatte, figlio di Ettore, aggrappato alla madre, lo gettò dalle mura della città, per timore che potesse un giorno restaurare il regno di Troia.

Andromaca, moglie di Ettore, straziata dal dolore, venne presa come sua schiava e portata in Grecia. Ebbe con Neottolemo numerosi figli, prima di essere sostituita dalla figlia di Menelao, Ermione, che egli scelse come sua sposa.

Diomede, eroico figlio di Tideo, re di Argo, rubò il Palladio e lo portò in patria.

Menelao, entrato a Troia nel cavallo di legno, si era battuto con coraggio e ardore. Distrutta la città, ritrovò Elena che, alla morte di Paride, ne aveva sposato il fratello *Deifobo*.

Consapevole della disfatta dei troiani, ella consegnò Deifobo ai Greci e seguì Menelao nel suo viaggio di ritorno in patria. Furono necessari otto anni prima che riuscissero ad approdare finalmente a Sparta.

Cassandra, l'inascoltata figlia di Priamo, alla caduta della sua città, si rifugiò nel tempio di Atena, dove trovò Aiace, figlio di Oileo re della Locride, che la oltraggiò. In quell'esatto momento proruppe nel tempio Agamennone che la strappò ad Aiace e la condusse con sé a Micene come schiava.

Giunto a Micene, Agamennone fu accolto dal popolo festante.

Ansioso di raggiungere la moglie e i figli, varcò con entusiasmo la soglia della reggia, tuttavua venne trucidato dal cugino *Egisto*, figlio di Tieste, al quale aveva affidato, prima di partire, il governo del regno. Egisto, durante la sua assenza, aveva sedotto *Clitemnestra,* la quale, innamoratasi di lui, aveva dato il suo consenso al delitto.

Con Agamennone, perse la vita anche la povera Cassandra, annegata per mano di Clitemnestra.

Il piccolo Oreste, figlio di Agamennone, riuscì a fuggire grazie alla sorella Elettra. Condotto nella Focide, sul monte Parnaso, alla corte del re Strofio, il giovinetto fu accolto da sua zia Anassibia, moglie del re e sorella di Agamennone. Là crebbe insieme a *Pilade*, suo cugino.

Anni dopo, Oreste, ritornato a Micene in compagnia di Pilade, vendicò il padre uccidendo sua madre ed Egisto. Colpevole di matricidio, venne perseguitato dalle *Erinni,* finché l'Areopago di Atene lo assolse.

Recatosi nella Tauride, ritrovò la sorella Ifigenia nel tempio di Artemide, di cui era sacerdotessa, tornò con lei a Micene.

Uccise Neottolemo e ne sposò la vedova Ermione, figlia di Menelao, ottenendo la signoria di Sparta.

Diede in sposa a Pilade la propria sorella Elettra, assegnandogli anche la signoria di Argo, rimasta vacante dopo la morte di Eracle.

Micene, Sparta e Argo divennero suo retaggio.

Ulisse

Tra i Greci, Ulisse, figlio di Laerte re di Itaca, fu colui che più di tutti, al ritorno dalla guerra, navigò, sballottato da un luogo all'altro del vasto mare che lo separava dalla sua terra natia.

Egli divenne simbolo dell'umanità intera, con le sue lotte, le poche gioie e i molti dolori. Unica sua alleata fu la dea dell'intelletto Atena.

Le circostanze lo trasformarono in un valoroso navigatore, affrontando inizialmente le terribili tempeste del mare, accompagnate dall'irresistibile canto delle Sirene, che attraevano i navigatori al fine di farli naufragare. Ulisse riuscì ad eludere questo primo ostacolo riempiendo le orecchie dei compagni con la cera e facendosi legare egli stesso, ben saldo, all'albero della nave.

Sulla sua nave, percorse tutto il Mediterraneo, partendo da Troia, fino alle coste dell'Africa e a quelle Laziali, per giungere infine in Grecia, all'isola dei Feaci e da lì alla sua amata Itaca.

Sulle coste Laziali, nell'isola dei Ciclopi, il terribile *Polifemo,* un mostro gigantesco, con un solo occhio, divorò diversi suoi compagni, ma Ulisse lo annientò, ubriacandolo con un potente vino e perforandogli, mentre dormiva, l'unico occhio con un palo appuntito. I superstiti fuggirono dall'orribile grotta del gigante, aggrappati al ventre di grossi caproni. Gli altri Ciclopi, accorsi alle grida dell'amico, persero ben presto interesse nell'accaduto, in quanto l'astuto Ulisse aveva confidato precedentemente a Polifemo di chiamarsi "Nessuno".

Così, alle ansiose domande dei compagni, il Ciclope si ostinava a rispondere che era stato Nessuno ad accecarlo.

I naviganti ripresero il largo, giungendo all'isola Eolia, dove *Eolo,* il re dei venti, li accolse festosamente. Congedandoli, donò loro un grosso otre in cui erano rinchiuse tutte le tempeste. Durante la navigazione, i marinai scoperchiarono curiosi l'otre misterioso, dal quale si scatenò una furiosa bufera che li sospinse presso l'isola di Eea, regno della maga *Circe*.

Circe era sorella del re della Colchide, Eeta, padre di Medea. Con ingannevoli arti, ella incantò Ulisse e i suoi uomini, trattenendoli a lungo presso di sé, trasformando in porci la maggior parte di loro. Riconoscendo in Ulisse una forza di volontà senza eguali, nonché la vista di un'erba datagli in precedenza dal dio Hermes, riconoscendo l'intervento divino, la maga desistette dai suoi malefici propositi. Rese l'antico aspetto a coloro che erano stati mutati in porci e li congedò cordialmente.

Seguì una rapida visita di Ulisse nel regno dei morti, dove rincontrò le anime dei guerrieri che avevano combattuto con lui sotto le mura di Troia, tra cui Agamennone, il quale gli narrò il suo dolore per il tradimento di Egisto e di Clitemnestra; Achille, che gli chiese del padre Peleo e del figlio Neottolemo; Aiace, che, ancora adirato per la questione delle armi, non aveva voluto parlargli; Tantalo, Sisifo ed Eracle, il quale gli narrò delle sue fatiche. Infine incontrò sua madre, Anticlea.

Varcati i pericolosi scogli di Scilla e Cariddi, la nave di Ulisse approdò poi nell'isola del Sole, dove il dio Apollo teneva al pascolo le sue sacre giovenche: settecento bestie, simbolo delle trecentocinquanta notti ed i trecentocinquanta giorni dell'anno.

I marinai, affamati, uccisero diverse giovenche. Venuto a conoscenza di tale affrontò, Apollo si adirò. Attese la loro ripartenza, quindi travolse e affondò la nave facendoli tutti morire.

Unico superstite fu Ulisse che, aggrappato ai rottami della barca, giunse all'isola di Ogigia, dove venne accolto dalla ninfa *Calipso* che, innamoratasi di lui, lo trattenne otto anni presso di sé.

Nel frattempo, nella reggia di Itaca, i condottieri Greci, sopravvissuti alla guerra, erano oramai tutti ritornati alle loro case.

Penelope, moglie di Ulisse, lasciata sola da tanti anni e priva di notizie del suo amato sposo, era costantemente attorniata da una schiera di pretendenti che la volevano in moglie. La donna, tuttavia, fedele e fiduciosa, sperava nel ritorno del marito e non si decideva a sceglierne un altro al posto suo. Così, stremata dai continui pretendenti, Penelope ricorse ad un inganno: promise di acconsentire alle nozze con uno di loro quando avesse finito di tessere una tela che lavorava di giorno e disfaceva la notte.

Il figlio *Telemaco*, rattristato dalla situazione della madre e dalla lontananza del padre, decise di partire alla sua ricerca, sollecitato dalla dea Atena che gli si presentò sotto le spoglie di un ospite, promettendogli la sua divina protezione.

In quei giorni, sull'Olimpo, Atena era impegnata nel sostenere la causa di Ulisse, da troppo tempo trattenuto nell'isola di Ogigia dalla ninfa Calipso.

Impietosendosi, Zeus ordinò ad Hermes, il dio messaggero, di trasmettere a Calipso il volere dei Numi, ovvero che Ulisse raggiungesse la terra dei Feaci, in Grecia, con una zattera e si facesse condurre a Itaca su di una nave messa a sua disposizione.

A malincuore, Calipso dovette obbedire al re degli dei e aiutò l'eroe a costruirsi una robusta zattera, sulla quale egli partì.

In pochi giorni giunse in vista della Feacia, quando una nuova tempesta lo travolse e ritardò ancora l'agognato ritorno. Scaraventato a riva, l'esausto Ulisse si addormentò sulla spiaggia, protetto dalle fronde di un cespuglio.

Così lo trovò la figlia del re dei Feaci, la giovanissima *Nausicaa*. Ascoltate le sue suppliche, lo condusse da suo padre, il re Alcinoo, il quale lo accolse nella stupenda reggia.

Lavato e rivestito con abiti sontuosi, Ulisse, seduto accanto al re e alla regina, narrò loro le sue passate vicende. Alcinoo promise di fargli allestire la nave che lo avrebbe ricondotto in patria.

L'indomani la nave giunse finalmente a Itaca, i marinai deposero Ulisse a terra con i regali ricevuti dai Feaci e ripartirono.

Nascosti i preziosi doni in una grotta, Ulisse si recò alla reggia travestito da vecchio mendicante e

assistette al terribile scempio che i pretendenti della moglie stavano causando della sua casa.

Il primo a riconoscerlo fu il suo amato cane, quindi un'anziana ancella che, nel lavargli i piedi, scoprì una sua nota ferita. Giunse anche Telemaco, di ritorno da Sparta, al quale Ulisse rivelò la sua identità.

Penelope, ignara di tutto, indisse una gara tra i suoi pretendenti: preso da un ripostiglio il grande arco di Ulisse, e una guaina ricolma di frecce, promise la sua mano a chi fosse riuscito ad infilare una freccia attraverso gli anelli di dodici scudi.

Nessuno riuscì nell'intento.

Lo straniero prese l'arco, lo esaminò, ne fece vibrare le corde e scagliò la freccia che attraversò i dodici anelli.

Quello era il segnale.

Telemaco, afferrata la spada, si affiancò al padre, mentre Ulisse, liberatosi dei suoi stracci, dava sfogo alla rabbia. La lotta si tramutò in una strage dove tutti i pretendenti furono uccisi.

Penelope, ancora incredula e confusa, volle sottoporlo a un'ulteriore prova.

Ripulita la reggia dal sangue e dai morti, gli ordinò di portare nella sala il grande letto matrimoniale costruito da Ulisse sul ceppo di un ulivo.

Quando l'eroe dichiarò che quel letto non si poteva muovere dal posto in cui egli lo aveva fabbricato, un segreto che soltanto lui e la moglie conoscevano, ogni riserva di Penelope cadde.

La dea Atena infuse in Penelope una nuova giovanile bellezza e prolungò il corso di quella notte, così che Ulisse avesse tutto il tempo di raccontarle, commosso, gli straordinari avvenimenti che gli erano capitati, e dimostrarle l'amore per lei che, malgrado le molte tentazioni, non aveva mai tradito.

Con le avventure di questo eroe umano, non figlio di un dio, ma soggetto come qualsiasi mortale agli affanni della vita, si conclude la leggenda degli dei, del creato e delle sue creature, delle sue bellezze e dei suoi raccapricci.

Bibliografia

Ferrari Anna, *Dizionario di mitologia greca e latina,* Torino, Utet, 2002;

Ieranò Giorno, *Eroi. Le grandi saghe della mitologia greca,* Marsilio, 2019;

Kingsley Charles, *Eroi della mitologia greca,* Milano, Mursia, 1985;

Nardini Bruno, *Primo incontro con la mitologia greca e romana,* Giunti Nardini, 1982;

Prampolini Giacomo, *La Mitologia nella vita dei popoli*, Milano, Hoepli, 1942;

Rossi Chiara, *Leggende e tragedie della mitologia greca,* Bologna, Gianni Monduzzi Editore, 1998;

Said Suzanne, *Introduzione alla mitologia greca,* Roma, Editori riuniti, 1998;

Souili Sofia, *Mitologia Greca,* Atene, Toubis, 1995.

Grazie per aver letto questo libro!

Se la lettura ti è piaciuta, per favore supportami con una breve recensione. Il tuo parere è importante per me e per gli altri lettori.

Grazie!

I libri di Vittorino D'Ancona

Mitologia Greca

Mitologia Norrena

Mitologia Giapponese

Visita la pagina autore su Amazon!

Scannerizza il QR Code

Made in the USA
Las Vegas, NV
12 August 2021